Né en 1980 à Lyon, Emmanuel Ruben est l'auteur d'une dizaine de livres – romans, récits, essais –, parmi lesquels *Sur la route du Danube* (prix Nicolas-Bouvier 2019) et *Sabre* (prix des Deux-Magots 2021). Son dernier roman, *Les Méditerranéennes*, paraît parallèlement chez Stock.

Emmanuel Ruben

NOUVELLES UKRAINIENNES

suivies de

RETOUR DE KIEV

NOUVELLES

INÉDITES

Points

ISBN 978-2-7578-9771-3

Aux Ukrainiens et aux Ukrainiennes

Avant-propos

C'est toujours à l'est que ça me prend. Au niveau des sixième et septième nerfs intercostaux. Et puis la douleur irradie dans tout le côté est au point de me clouer dans mon lit. Il y en a qui parlent de droite et de gauche, moi j'ai, comme les atlas et les planisphères, un est et un ouest. La droite, c'est l'emplacement de l'Est dans mon corps. Nous, les Européens, nous avons tous la carte du Vieux Continent non seulement tatouée sur notre peau, mais gravée dans nos organes. Notre squelette se souvient. Il porte dans la géographie de ses os et de ses cartilages, de ses muscles et de ses tendons, de ses nerfs et de sa moelle épinière la mémoire des traumas du passé.

Alors, chaque fois que l'Ukraine est attaquée, c'est là que ça commence, au niveau des sixième et septième intercostaux, comme un poignard qu'on m'enfonce dans le dos. À 5 heures du matin, le 24 février 2022, je me suis réveillé avec cette douleur, j'ai péniblement tendu ma main vers mon téléphone, vers ma lampe de chevet, vers la radio, et avant même de presser le bouton *on*, j'ai deviné ce qui se passait à deux mille sept cents kilomètres de mes bords de Loire, quelque part là-bas, sur les bords du Dniepr. J'ai deviné que Poutine avait lancé son offensive meurtrière et préméditée depuis longtemps quand j'ai senti que j'avais mal à l'Ukraine qui est en nous, Européens, comme d'autres ont mal aux dents ou à l'aine.

L'Europe est notre corps, car elle est notre passé, notre futur et notre présent. Nous n'y échapperons pas. Mon baromètre géopolitique intime me le rappelle souvent. Je n'ai jamais mal à gauche, sauf au genou, qui se situe sous les Tropiques. À droite, si la douleur atteint mon omoplate, je sais qu'un péril guette les pays Baltes. Si la douleur s'immisce entre le psoas et les adducteurs, je sais que quelque chose ne tourne pas rond entre Israël et la Palestine, qui est le phare oriental de mon Europe. Si c'est le cœur qui s'affole – oui j'ai le cœur à l'est, comme les riches ont le cœur à droite –, je sais que les Balkans sont en ébullition. Si les cervicales sont touchées, je sais que c'est la Finlande qui est en danger.

J'avais vingt-quatre ans quand j'ai découvert l'existence de l'Ukraine. C'était en 2004, je vivais à Istanbul, de l'autre côté de la mer Noire. La Révolution orange faisait apparaître ce pays sur la rive d'en face et sur la carte du monde. Poutine – comme son émule Erdoğan d'ailleurs – n'était qu'un apprenti dictateur. L'Ukraine devint très vite pour moi le pays de tous les possibles. Depuis la première découverte de ce pays, dès que je sentais le printemps arriver, je prenais la route de l'Ukraine comme d'autres prennent le large ou la clé des champs. J'avais besoin, chaque année, de retourner là-bas, oiseau migrateur se ressourçant à l'est d'où vient la lumière mais aussi les ténèbres.

J'étais à Kiev en août 2008 quand Poutine a fait rouler ses chars sur Tbilissi. Nous regardions à la télé les images de l'invasion, Yarick et moi, dans son appartement de banlieue, et nous étions sidérés. J'étais à Kiev en mars 2014, quand Poutine a parachuté ses petits hommes verts sur la Crimée. Nous regardions à la télé les images de l'invasion, Yarick et moi, dans son appartement de banlieue, et nous étions sidérés. Je n'étais pas à Kiev en décembre 91, quand toute l'Ukraine – et même le Donbass – a voté la dissolution de l'URSS. Je n'étais pas à Kiev en avril 86, quand la centrale de Tchernobyl a explosé mais j'étais déjà devant la télé, j'avais cinq ans, j'apprenais ma première leçon de géographie : que les mauvaises nouvelles viennent souvent de l'est et qu'il n'y a pas de frontières naturelles ni même étanches pour stopper des nuages radioactifs.

Elles ne le seront pas davantage pour stopper les chars et les missiles russes. Le peuple ukrainien, ce peuple des confins, encore une fois dans son histoire, nous sert d'État tampon. C'est lui qui va stopper les chars russes. Comme il s'est sacrifié autrefois en repoussant l'opération Barbarossa, il s'apprête à se sacrifier une nouvelle fois pour nous donner le droit, à nous Européens du couchant, de vivre sans entraves et de respirer librement. Je n'ignore pas que des éléments conséquents du même peuple ukrainien ont massacré des Juifs et des Polonais durant la Seconde Guerre mondiale. Je n'ignore pas qu'il y avait des néonazis à Maïdan en 2014, puisque j'y étais aussi. Mais il y a des néonazis aussi en France comme en Russie.

Depuis le 24 février à 5 heures du matin, j'ai mal à l'Ukraine. En 2014, de retour de Kiev, j'avais passé ma rage de l'Est et mon mal d'Ukraine en empoignant un crayon et un pinceau ; sur une grande planche de carton, j'avais collé des fragments d'écorce de bouleau et sur cette peau mixte et lacérée, sous les grands yeux noirs des bouleaux, témoins muets de la catastrophe, j'avais dessiné une carte de l'Europe envahie par la montée de la haine. À l'est de ma carte, sur cet isthme européen qui va de Riga à Odessa et qui concentre ces *terres de sang* dont parle l'historien Timothy Snyder, là où la guerre a duré trop longtemps, j'avais dessiné la silhouette sans tête d'une femme – car oui, l'Europe est, a été et sera toujours une femme – fuyant la corne d'un taureau et cette corne était plantée dans le corps d'une péninsule qu'on appelle la Crimée, péninsule où se passait mon premier roman et où Poutine avait perpétré son énième crime.

Mais cette fois-ci, le dessin ne suffisait pas, le crime était trop grand. Alors je me suis souvenu de ces textes écrits entre 2010 et 2020, à la suite de mes différents séjours en Ukraine. J'ai appelé mon éditeur Manuel Carcassonne, lequel a contacté Cécile Boyer des éditions Points pour envisager cette publication inédite. Qu'ils soient ici tous les deux chaleureusement remerciés.

Je dédie ce recueil aux Ukrainiens et aux Ukrainiennes, qui m'ont fait découvrir leur pays et qui souffrent aujourd'hui sous les bombes de Poutine et sur les chemins de l'exil.

Ingrandes-sur-Loire, le 25 février 2022

Confluence imaginaire

Enterrez-moi quand je mourrai
Dans le tertre qui sert de tombe
Au milieu de la vaste steppe
De mon Ukraine bien aimée,
Pour que je voie les champs immenses,
Le Dniepr et sa rive escarpée,
Pour que j'entende le grand fleuve
Mugir, puissant, à mes côtés.

Taras Chevtchenko

Un rêve pourrait servir ici de générique. Je suis à vélo avec un grand gaillard qui a le sourire de Vlad, qui a ses cheveux blonds, ses yeux bleus, ses épaules d'athlète, ses fossettes, son sourire radieux et franc. Nous pédalons le long d'un fleuve qui s'encaisse au pied d'une falaise, ce pourrait être le Rhône, le Dniepr ou le Danube, le village conflue avec une rivière, le paysage change en coup de vent, prend des airs tour à tour de steppe et d'alpe, de savane et de toundra – voici des collines désertiques, on croirait chevaucher la lune, et nous pédalons encore, des éclats de marne dégringolent de la colline et s'effritent sous nos pneus, nous parvenons en haut d'un col qui marque une frontière, il y a un poste de douane, une barrière rayée de rouge, des vieilles dames qui se bousculent et font la queue sous leurs fichus ; de l'autre côté, un panneau bleu nuit indique le nom d'un pays, peut-être la Roumanie ; Vlad me tape sur l'épaule ; une brèche s'ouvre dans le tissu du songe ; on plonge dans un monde hivernal, tout blanc de givre ou de neige ; je me réveille en sueur.

Noté ce rêve sur mon carnet. L'incohérence géographique est stupéfiante. Je sais que cela signifie que le rêve condense plusieurs moments de ma vie, plusieurs paysages traversés, plusieurs visages connus. Les rêves sont des précipités de nos vies. Les rêves nous rappellent qu'il n'y a pas de présent, pas d'instant présent, pas de lieu fixe. Les rêves nous disent qu'entre passé et futur, ici et ailleurs, fantasme et souvenir, il n'y a rien ; ce que nous avons l'habitude d'appeler *je*, *moi*, et de conjuguer au présent, est aussi fragile et fugitif que l'étoffe même des songes.

Chacun sa méthode pour déchiffrer les rêves. On peut se confier à un ami ou se livrer sur un divan de velours à l'oreille d'un psychanalyste. On apprend alors tout ce que cela est censé révéler – cavalcades à vélo, chevalerie du dimanche matin, ivresse de pédaler côte à côte et roue dans la roue, tapes amicales sur le dos, fascination pour les grands blonds, rêve de camaraderie virile, tendances homosexuelles refoulées. Mais tout cela – ces cachotteries de vestiaires, cette ordure intime – n'est que la part la plus pauvre du rêve et les nuits ne peuvent se borner à nous dévoiler si peu de nous-mêmes. D'autres préférences que celles régies par les lois de la sexualité se tapissent dans leurs paysages hybrides. C'est le décor des rêves qui m'intéresse – l'enveloppe charnelle et non la petite graine hystérique du ça ou du surmoi. Et pour cela, ma méthode est simple. J'ai ma manière de tirer les cartes. Ma diseuse de bonne aventure est la géographie.

Il faut dire que sa boule de cristal a les dimensions du globe terrestre. J'ai pris très tôt l'habitude de lire dans les plis des cartes comme les bohémiens lisent dans les plis des paumes. Enfant, j'y lisais les pays que j'ai visités depuis ; adulte, j'y lis les runes et les arabesques que mes voyages n'ont su déchiffrer. J'y lis surtout la vanité du voyage dont tous les chemins ne mènent pas à Rome mais dans ce royaume d'autrefois qu'on appelle l'enfance. Déplions une carte au hasard et laissons-nous absorber par ses motifs. Déplions une carte où le vert et le bleu jouent à parts égales avec le jaune. Déplions une carte routière de l'Ukraine. Remontons du doigt ce Dniepr qui serpente en bleu, s'élargit ici, se rétrécit là, gorge, lac ou mer, et tranche la carte et le pays en deux – à l'ouest l'Ukraine des collines et des champs de blé, à l'est l'Ukraine des steppes et des terrils.

*

Banlieue nord de Kiev, août 2012. Ciel bleu cobalt. Soleil radieux. Je roule à vélo avec Vlad. Nous sommes tous deux perchés sur de grands VTT noirs pourvus de fourches à suspensions et de freins à disque. Nous sourions à pleines dents, nous aspirons l'air enivrant de l'été ukrainien. Nous venons de quitter la ville, les hautes tours grises de la banlieue découpent dans notre dos le soleil d'août, projettent leur ombre sur le bitume et se reflètent dans le fleuve. Nous pédalons à toute vitesse sur la berge ensauvagée, entre les fougères géantes et les herbes hautes. La voix de Vlad se perd dans les cahots, les vibrations, le ronron étourdissant de nos gros pneus à crampons – les graviers, les racines, les brindilles, la terre sèche et craquelée geignent sous nos roues. On frôle de gros pavots qui poussent dans les fossés, on frôle du chanvre et de l'armoise, on frôle de grandes fleurs bleues qui doivent être des chardons ou des bardanes, on frôle de grandes plantes languides aux feuilles énormes comme on n'en trouve qu'à l'est de l'Europe, où tout paraît plus vaste et plus désolé.

L'eau du fleuve scintille par intermittence entre les troncs des arbres, nous pédalons encore, les frondaisons nous caressent le crâne et les coudes, les ronces éraflent nos mollets, on aperçoit là-bas les bancs de sable qui semblent dériver vers le sud – j'entends Vlad changer de vitesse, clic clac, le cliquetis de la chaîne qui saute et se replace sur son pignon, nous prenons de l'élan pour gravir un raidillon, le sentier retombe à pic, de là on rejoint une voie rapide qui tranche net la misère des banlieues, c'est un vacarme enragé de semi-remorques, l'asphalte miroite à l'horizon, bouillonne et fond sous nos pneus, des éclats de verre et de silex s'agglutinent aux crampons, on longe la bande d'arrêt d'urgence pour traverser le fleuve sur un interminable pont à haubans, le Dniepr est déjà très large – et encore, me crie Vlad, ce n'est qu'un seul bras, nous voici sur une île !

On voit là-bas entre les énormes piliers de béton et le zinc étincelant des haubans la haute roue blanche d'un Luna Park à l'abandon qui paraît tourner sur elle-même à l'infini, présence absurde et obsédante. On longe des barbelés, un parking, un supermarché, une station-service, une voie ferrée désaffectée, des wagons de marchandises qui rouillent entre les herbes hautes, on franchit un passage à niveau, on passe sous d'immenses pylônes plantés comme des fourches caudines, on entend crépiter le ciel au-dessus de nos têtes, on sent des odeurs de pourriture et d'eaux usées, on aperçoit là-bas les grandes bennes à ordures et plus loin le bassin de ciment d'une station d'épuration, on débouche sur un vaste terrain vague et là, ce sont des friches à perte de vue, des bicoques, des jardins ouvriers croulant sous la verdure.

Vlad pédale plus vite encore, se retourne, me fait signe d'accélérer en moulinant l'air de la main puis en agitant le pouce et les autres doigts, il mime une mâchoire qui s'ouvre et se referme, le temps d'entendre le premier aboiement, de voir briller les crocs et luire les babines, je me suis mis d'instinct à pédaler comme un dératé, je passe les vitesses, me dresse sur les pédales, Vlad secoue sa gourde, asperge le chemin, les chiens sont lancés à nos trousses à toute allure. Heureusement, la pente est à notre avantage, je me retourne et vois les chiens ralentir, aboyer de dépit, abandonner leurs proies qui s'éloignent à grands coups de pédale.

Vlad soupire, se redresse, me dit :

– Putain, on l'a échappé belle, mon pote, ça doit faire des siècles qu'ils n'ont rien bouffé !

On laisse de côté les dernières cheminées d'usine, la ville n'est plus qu'un mauvais rêve, un mirage lointain, la ville et son ciel pollué.

Soudain, c'est comme si la steppe commençait. Passé les derniers champs de betterave et de colza, passé les derniers guérets, il n'y a plus une seule trace de présence humaine, les arbres se font plus rares, l'herbe est d'un vert déjà jaunissant, il n'y a plus de chemin, rien qu'une maigre piste sablonneuse qui s'efface bientôt – à présent c'est tout un lacis de ruisselets de sable qui affluent entre les herbes hautes. Nous roulons des heures et des heures dans le sable. Voici l'horizon monotone et sans fin, un long chant modulé sur une vieille *kobza* à quatre cordes, parfois scandé d'un saule esseulé, abruti de soleil, le tronc tortueux, les petites lamelles argentées de ses feuilles virevoltant dans la brise.

On dérape de dune en dune, on s'enlise dans le sable, mes semelles ripent sur les pédales qui viennent buter, bam, contre mes tibias. Je ne sens pas la douleur, tout va trop vite, Vlad est toujours devant, il ouvre la voie dans un nuage de poussière, je tâche de rester dans sa roue, de suivre le double sillon qu'il creuse dans le sable en se tenant les jambes raidies sur ses pédales tel un jockey dans ses étriers. Je vois flotter son t-shirt jaune et bleu trempé de sueur, je vois tressauter ses biceps, je vois les muscles de ses cuisses vibrer sous son short de sport et découvrir des pans de caleçon, je vois ses cheveux blonds sautiller sous le ciel bleu, je vois la sueur perler sur sa nuque rase, son talon d'Achille se tendre sous le tissu de la chaussette, je vois le fer à cheval que dessinent les mollets prendre sous la poussière cendrée la couleur et l'aspect du métal, je vois les veines très bleues qui se rejoignent dans le creux de la jambe, saillent de part et d'autre de la rotule, courent entre les poils blonds que fait briller le soleil comme il fait briller les maillons de la chaîne, le chrome et le nickel du dérailleur, les jantes, les moyeux, les rayons, les manivelles.

L'homme et la machine ne font qu'un. Le vélo est la grande passion de Vlad. Il vit toute la journée sur un vélo, passe tout son fric dans le vélo, se rend partout à vélo, à la fontaine du quartier où il faut puiser de l'eau car celle du robinet n'est pas potable, au marché, au supermarché, à la fac, il ne conçoit pas d'autre moyen de locomotion, on le voit souvent revenir avec de gros sacs noués aux poignées de son guidon. Parfois, comme piqué par une mouche, il s'amuse à sprinter en pleine ville, se met en danseuse, s'arc-boute au guidon, se déhanche, le vélo se balance entre ses jambes, traçant sur la chaussée sale un double serpentin – il aime crier des noms de coureurs soviétiques que tout le monde a oubliés, Fondriest, Abdoujaparov, son idole actuelle est le Kazakh Vinokourov, le nouveau champion olympique, dont il a les yeux rieurs et la belle gueule de cosaque. Le Tour de France est la course préférée de Vlad, sa seule manière de connaître mon pays, d'en admirer les paysages, il ne rate aucune étape, et comme il n'y a pas de télé à l'appart, il va regarder ça dans un café du quartier, un rendez-vous de vieux sportifs branchés toute la journée sur Eurosport.

Un soir, il est revenu tout sourires, a déplié une grande carte routière de l'Ukraine sur le canapé, m'a demandé si je voulais le suivre à vélo jusqu'à la tombe de Taras Chevtchenko. La veille, nous avions parlé du grand poète ukrainien, visité le musée qui lui est consacré et j'avais été fasciné par les portraits de cet exilé perpétuel à la moustache débonnaire. En dépliant la carte, Vlad m'a dit :

– Tu verras c'est là-bas, à Kaniv, au bord du Dniepr, que commence la vraie steppe, mais il a ajouté aussitôt c'est à cent cinquante bornes vers le sud-est, on pourra dormir sur place à la belle étoile mais il faudra revenir le lendemain.

Alors j'ai reculé, je ne me suis pas vu faire trois cents bornes en deux jours, j'ai tout de suite imaginé les longues lignes droites, l'horizon sans fin, les bourrasques de sable, la chaleur accablante, tous les ennemis du cycliste réunis.

– OK, a dit Vlad, on ira vers le nord, sur la Desna, c'est moins loin et puis les eaux sont plus belles, plus bleues, ce sont les eaux les plus pures du pays.

Je dois dire que malgré ses descriptions, je ne m'attendais à rien de bon, je voyais surtout que plus on irait vers le nord, vers la frontière biélorusse, plus on se rapprocherait de la Bérézina qui se jette dans le Dniepr en amont de Kiev, plus on se rapprocherait de Tchernobyl et de sa zone interdite, délimitée en pointillés rouges sur les cartes, avec la mention *нежил* (inhabité) indiquant partout des villes et des villages fantômes. Et ces deux toponymes, Bérézina, Tchernobyl, réveillaient des peurs irrationnelles – je pensais aux nuages radioactifs, je revoyais les images de la catastrophe, les corps d'enfants monstrueux, la fameuse formule *le nuage s'est arrêté à la frontière* tournait en boucle dans mon cerveau, je m'attendais à une énième zone ravagée, j'imaginais un de ces bourbiers lugubres, je voyais les silos de béton abandonnés en rase campagne, les blocs d'immeubles en ruine, les grands réservoirs pollués, les cimetières de camions irradiés, les fruits nocifs qui s'entassaient dans les vergers, la terre éventrée.

Mais quand je vois se déployer ce paysage de steppe arborée ; quand je vois les saules cendrés scintiller dans le ciel bleu, s'agiter dans le vent, se blottir au-dessus des eaux ; quand je vois les joncs, les roseaux, les bancs de sable épousant les croissants de lune des cirrus, j'éprouve une sensation de liberté que je n'ai pas goûtée depuis longtemps et me sens pris d'ivresse. Et dans cette ivresse bizarre, je pense – Vlad aimait me parler de ces exploits légendaires – à tous ceux qui ont rêvé du Far East, à tous les va-t-en-guerre que ce Far East a engloutis. Je pense aux Scythes, aux Petchenègues, aux Polovtses, aux Varègues qui remontaient la Daugava et descendaient le Dniepr sur leurs drakkars pour razzier Byzance, aux soldats de Charles XII vaincus à Poltava, aux Zaporogues livrant bataille aux Tatars, aux grognards de la Grande Armée rebroussant chemin dans les blizzards de la Bérézina, aux motards de la Wehrmacht embourbés dans leur attirail vert-de-gris, à tous les envahisseurs qui sont passés par là, qui ont traversé ces contrées. Les grandes plaines d'Europe de l'Est sont semées d'épaves de rêves et de conquêtes avortées. Car l'Ukraine est le boulevard perpétuel des invasions.

On perd le fleuve, on le retrouve, la piste s'éloigne de la rive et revient entre les saules et les roseaux, le même paysage pendant des heures, on finit par s'égarer, on parvient en vue d'un ravin d'argile si abrupt qu'il nous faut le franchir nos bécanes sur l'épaule. Quelques centaines de mètres plus loin, on bute sur les rives d'une tourbière qu'il faut contourner mais voici un bras mort infranchissable à cause de la vase et des sables mouvants, me dit Vlad, il faut faire demi-tour. Vlad me confie qu'il se perd chaque fois dans ces parages, et je comprends soudain qu'il ne suit pas une piste balisée, comme je le croyais jusque-là, mais qu'il navigue à vue, et se fie à son sens de l'orientation, peut-être à la trajectoire du soleil. Les haltes forcées réveillent la fatigue, la sueur, les douleurs. Les bras, les cuisses, les mollets accusent les kilomètres et les vibrations. La bouche est pâteuse, le sel coule sur les joues, on a le front constellé de moucherons morts qu'il faut essuyer d'un revers de main. Il est temps de repartir. Vlad pédale de plus belle. Après des heures et des heures à haleter dans la même étendue monotone, je l'entends crier, comme on crie mer à la vue de la ligne bleue de l'horizon :

– La Desna, voici la Desna !

Et il ajoute aussitôt :

– C'est la plus ukrainienne des rivières !

Je ne relève pas le superlatif, depuis que j'habite chez Vlad, je suis abonné aux superlatifs, j'ai déjà mangé dans le plus ukrainien des restos, visité la plus ukrainienne des églises, admiré la plus ukrainienne des icônes, bu la plus ukrainienne des vodkas, je suis verni !

À peine arrivés sur la rive, une plage idyllique de sable blanc, Vlad jette son vélo contre le tronc d'un saule et, ni une ni deux, se déchausse, se déshabille à la va-vite et plonge dans la rivière. Je l'accompagne timidement dans ce bain de Jouvence ; je m'efforce de ne pas penser à Tchernobyl, à toutes les particules radioactives qui se sont déversées dans les environs ; l'eau est tiède, on voit partout le fond, le sable est si fin qu'il durcit sous nos pieds, il y a des algues qui dansent, on se croirait sur une plage de Crimée, comme si la mer Noire remontait jusqu'ici, tout au nord du pays, avec ses parfums de figuiers et d'acacias.

Vlad est déjà loin, il me hèle du bras, sa joie se reflète dans l'eau, il disparaît dans l'anse du méandre, un long moment je ne le vois plus, il nage le crawl entre des îlots de saules, effraie une famille de cygnes qui fuient en se trémoussant, puis il s'agrippe aux roseaux de la rive opposée, se hisse sur la lèvre de la rivière, plonge de nouveau, sort la tête, nage le papillon, les rayons du soleil ricochent sur la craie blanche de ses épaules. Il traverse deux fois la rivière à la nage avant que je le rejoigne.

– Tu as vu comme l'eau est pure, de toutes les eaux du pays ce sont les plus pures !

Ce jour-là, Vlad m'aida à vérifier le vieil adage selon lequel on ne se baigne jamais deux fois dans la même rivière. Nous étions déjà venus la veille au même endroit. Mais comme Vlad avait cassé sa manivelle et confié son vélo à une jeune femme qui nous offrait le gîte et le couvert, nous étions de retour avec un autre vélo qu'il nous fallait rendre au plus tard dans la soirée avant de récupérer celui de Vlad réparé. La veille, sur la terrasse d'une datcha, afin de vérifier qu'il n'y avait pas de plus court chemin pour rentrer à Kiev, la jeune femme avait déplié une vieille carte en lambeaux de l'époque soviétique.

La carte datait de 1989, on avait construit de nouvelles routes depuis, mais dans les parages rien n'avait changé, disait la jeune femme. On voyait s'étaler la grande coulée bleue du Dniepr en amont de la capitale, ce que les

Ukrainiens appellent la *mer de Kiev*, et le ruban bleu de la Desna zigzaguait sur le papier usé. À travers cette carte parcheminée, on sentait percer le lichen dentelé de la terrasse, et c'était une autre carte qui se dépliait dans ma mémoire – toute une géographie à l'envers, un fleuve déboussolé qui coulait à rebours et se ramifiait à l'infini… Était-ce le Danube que j'avais descendu en bateau de Vienne à Budapest ? Le Rio Urubamba, qui est une des sources de l'Amazone et que je revoyais serpenter, couleur de café mal dilué, entre les pains de sucre des Andes péruviennes ? Le Mississippi que j'avais connu du temps où je vivais à Saint Louis, et qui m'avait donné parfois cette impression de retrouver le Rhône de mon enfance ?

On a beau voyager, on se retrouve irrésistiblement attiré vers les mêmes lieux, comme une phalène prise toute la nuit au piège scintillant du même néon. Je savais bien que tous les fleuves du monde me ramenaient au Rhône de mon enfance. Chaque fois que je quittais le domicile familial à vélo, je ne pouvais résister à son attraction. Peu importe la longueur du parcours ; parti pour cinquante, soixante ou cent bornes, je dévalais la grand-rue vers le fleuve, le traversais, le longeais sur une dizaine de bornes, c'était ma mise en jambes. Mais pendant des années, je n'avais jamais vu le Rhône pour de vrai. On peut faire cent fois la même promenade sans rien voir, sans rien entendre, sans savoir ouvrir les yeux ni tendre les oreilles. Jusqu'au jour où l'on rencontre le génie du lieu.

*

Ce jour d'été, je dois avoir seize ou dix-sept ans. La météo annonçant une journée caniculaire, j'ai enfourché mon vélo très tôt. C'est l'aube. L'heure où tout est bleu. Je pédale sans effort. J'ai vu détaler sur mon passage des faisans, voler des éperviers ou des milans, j'ai croisé une fouine et un renard. Une fois franchi le pont suspendu, je prends la route étroite qui débouche sur les berges et rejoint l'ancien chemin de halage reconverti en piste cyclable. Je vois alors se détacher, entre les troncs des saules, les belles brumes résiduelles du Rhône – le brouillard s'est levé mais il demeure parfois comme une longue écharpe de gaze effilochée, qui flotte à fleur d'eau, diaphane, laiteuse, et semble elle aussi s'écouler, épousant les méandres, faisant à son tour des volutes. J'ai les yeux rivés sur ce prodige, lorsque, fffffffffuitttttt, j'entends le bruit redouté, dérape et manque de verser avec ma bécane dans le fossé. Je saute de ma selle. Tâte mon pneu arrière. Crevaison.

Tandis que je suis accroupi, en train de démonter ma roue, j'entends remuer les feuillages. Je sursaute. Un homme surgit du brouillard, s'approche de moi. C'est un moustachu chaussé de grandes bottes de caoutchouc, coiffé d'un panama qui lui confère une élégance insolite dans ces lieux champêtres. Je le prends d'abord pour un pêcheur mais l'espèce de canne à pêche qu'il tient à la main s'avère une perche pourvue d'un micro. Je lui demande à quoi ça lui sert. Il me répond en murmurant qu'il est un chasseur ou plutôt, se reprend-il, un guetteur de sons. Il se moque de ces engins à roues qui crèvent, les bagnoles, les motos, les bicyclettes. Fouillant dans mes poches, je m'aperçois que j'ai oublié ma chambre à air de rechange et j'enrage d'avance à l'idée qu'il va me falloir rentrer à pied. L'homme me demande où j'habite. Je lui montre, là-bas, le clocher du village qui se devine à travers les troncs cendrés des peupliers. Il me dit qu'il peut me ramener. Que ce sera moins long et à coup sûr moins fatigant qu'à pied.

– Suivez-moi.

Je lui emboîte le pas. On s'enfonce dans un sentier entre des fougères géantes et des orties à taille humaine, on s'avance vers un ponton de bois, il me montre une barque amarrée entre les roseaux, me fait signe de monter, et comme j'hésite, il me dit :

– Je vous ferai passer par les *lônes*, vous savez ce que sont les *lônes* ?

Il prononce *lôôôône*, comme il dit *Rhôôône*, sans article, et *fleeeuuuuve*, voyelles traînantes et glaiseuses, *r* un brin roulés dans le patois râpeux du pays. Ce n'est pas la première fois que j'entends ce mot, je n'ai jamais très bien compris s'il désigne la terre ou l'eau, les îles ou les bras du fleuve, et voici que l'homme sort une carte toute chiffonnée de son gilet, la déplie contre le plat-bord de la barque, la lisse sous sa paume, caresse de l'index la tresse des eaux bleues.

– Vous voyez, ce sont tous ces méandres, ces bras et ces bras morts, les lônes, alors en passant par les lônes, je peux vous ramener jusqu'au moulin. Si vous habitez du côté de l'église vous n'aurez plus qu'à marcher sur deux cents mètres et vous serez arrivés à bon port.

Là-dessus, il replie sa carte et, ni une ni deux, il dépose mon vélo démonté à l'arrière de la barque, dépose sa perche repliée, détache les amarres et me tend une rame. Dire que cela fait quinze ans que j'habite sur ses rives et que je n'ai jamais ramé sur le Rhône ! Pour la première fois, je regarde vraiment le paysage. Je suis tout œil et tout ouïe, mes narines se gonflent, mes pores se dilatent, je respire les couleurs, je palpe l'air, je me sens parcouru d'ondes inconnues. Bientôt, le paysage diffère du tout au tout, nous voici pénétrant un canton perdu de la France profonde, un canton retiré du monde, mais un canton luxuriant, merveilleux, dont les seules voies d'accès seraient ces eaux fluviales. Eaux tour à tour vives et stagnantes, étales et farouches, paresseuses et véloces, parfois féroces. Eaux d'une teinte indéfinissable : ça va du vert-de-gris à l'indigo, en passant en revue toutes les nuances de vert et de bleu, mais il y a aussi des milliers de bruns, couleur de thé, de café, de réglisse et, dans les tourbillons où le soleil plonge en plein, là où les reflets sont brouillés, l'eau devient cuivrée.

Je regarde les traces de cendre que les crues printanières ont laissées sur les berges, les racines des saules, les feuillages. Je regarde la vase livide qui s'accroche à la barque. À travers les trouées des branchages, je prends la mesure de tout le bocage ombrageux et gorgé de sève dont la plupart du temps, passant à toute vitesse sur mon vélo, je ne faisais que flairer les odeurs, effleurer les lisières. Les vergers s'étagent à perte de vue. On voit grossir les lucioles qui signalent des pommiers. On passe en revue les tiges vertes des champs de maïs, de tournesol et de tabac. On aperçoit le petit pan vert d'une barque amarrée, les pieux noircis de mousse d'un ponton de bois ou le toit de tôle ondulée d'un cabanon. À l'arrière-plan se dressent les grands alignements de noyers ; la canopée de la forêt est ponctuée des moignons noircis des arbres foudroyés ; les petites feuilles implorantes des aulnes frémissent dans le vent, dressées vers le ciel, criblées de lumière ; le saule cendré domine tous les autres arbres de plusieurs têtes – le saule cendré, me dit mon guide, qui est *le roi des lônes*.

Tandis qu'il actionne le gouvernail et sort de son gilet une petite pipe à tuyau court, un *brûle-gueule*, qu'il bourre et qu'il allume, je regarde ses mains noueuses, ses phalanges striées, son grand front chauve au teint grisâtre, je compte les rides innombrables, taillées au couteau, qui le sillonnent, et je n'ose affronter du regard son œil de glace que cernent ses gros sourcils broussailleux et ses pommettes rubicondes. Mais le plus inquiétant, c'est la grosse moustache qui lui mange le bas du visage, masque toute expression, et dont le poil cendré, secoué qu'il est par la brise et les remous, semble celui d'un rongeur. Je regarde les volutes de sa pipe s'élever dans l'air. Les brumes résiduelles ont reflué. Le soleil déjà haut dans le ciel, jaillissant du bleu des montagnes, allume ici et là des feux follets.

J'écoute les petits susurrements de la salive dans le tuyau, le crépitement du tabac dans le fourneau, bruits qui se confondent avec ceux de la nature, lorsque l'homme sort de son silence. Celui que j'ai pris pour un taiseux devient soudain volubile, comme s'il avait besoin de se confier. Sa voix rocailleuse roule ses galets, coule comme un flux intarissable :

– Vous entendez ça c'est merveilleux, *houiphouiphouip*, c'est la rousserolle turdoïde et là, *tilitilitili*, c'est le bruant des roseaux, et là-bas regardez ça, c'est le chevalier guignette qui fait sa toilette !

Là-dessus, mon guide a tiré de son gilet un minuscule appeau de terre cuite, il y souffle comme dans un harmonica, un petit chant aigrelet s'en échappe, il me montre deux autres appeaux. Depuis la mort de sa femme, il passe ses journées aux aguets, à l'affût, parlant aux oiseaux, enregistrant le chant des oiseaux qui se mêle à celui des eaux.

– Les gens me croient fou mais non je ne suis pas fou, quand j'écoute mes bandes sonores le soir, j'ai parfois du mal à distinguer les deux chants, tout est imitation dans la nature, les ramifications des arbres imitent les ramifications du fleuve, certains linguistes prétendent que les premières paroles des hommes visaient à reproduire le chant des oiseaux mais ils oublient que le chant des oiseaux s'inspire déjà de celui des eaux, écoutez-moi ça, dit-il en se penchant au-dessus du plat-bord, c'est un vrai concert, ça roucoule, ça gazouille, ça gargouille, et puis ça se met à gueuler carrément !

C'est étonnant ce pays ! Quand j'avais votre âge, je découvrais chaque année un nouveau banc de sable, un nouvel îlot, à l'époque je n'étais pas le seul sur ma barque, aujourd'hui je ne croise plus personne, il n'y a plus de barques, plus de bac, plus de passeur, et comme les barques ne servent plus à rien, on les a enfilées sur le tronc des aulnes, on appelle ça de l'art contemporain, vous avez vu ça, quelle idée, enfin, vous me direz, ce que je fais n'est pas mieux, chacun sa manière de tuer le temps mais au moins je ne touche pas au décor ! Les gens n'arrivent jamais à voir mes flûtes à vent, et vous savez pourquoi ? Parce que les gens ne lèvent jamais la tête ! Regardez les arbres, tous les peintres ont peint les arbres comme s'ils avaient taille humaine, mais franchement, vous en connaissez beaucoup, des arbres à taille humaine, je ne parle pas des arbustes ou des arbrisseaux, je parle des vrais arbres, des aulnes, des frênes, des peupliers, des saules cendrés que vous voyez là-bas, eh bien non, c'est tout simplement qu'on ne sait pas lever la tête, ce serait avouer qu'on est bien courts sur pattes ! Un arbre peint depuis le sol, on devinerait à peine la cime, le haut du tronc, on verrait l'enfourchure des branches maîtresses, quelques feuillages, des trouées de ciel, tout un fouillis, les arbres sont bien difficiles à faire rentrer sur une toile alors les hommes les plient en deux ! Si je savais comment peindre un arbre, je le peindrais vu du sol, de toute manière plus personne ne vient peindre ici, plus personne n'a la patience !

Dans le temps on venait pique-niquer en famille, avec des amis, sur les berges, on étalait de grandes nappes sur l'herbe et untel apportait du pinard, untel du rôti, untel du frometon, l'après-midi on allait à la pêche au brochet, on attrapait des bestioles grosses comme ça, des brochets d'un mètre vingt qu'il fallait cuire dans le four à pain ou alors on organisait des concours de ricochets au bord du fleuve, parfois pendant trois quatre jours c'était la vogue, on dansait, on se saoulait, on allait se promener sur les berges au clair de lune, oh y avait bien des noyades de temps en temps à cause des tourbillons, mais ça ne refroidissait personne, pendant une semaine ou deux on ne faisait plus les mariolles, le fleuve était maudit, on interdisait les jeunes de s'y rendre, on attendait patiemment qu'il recrache les corps avalés, puis le cadavre repêché, l'enterrement terminé, on y retournait, on remettait ça, les vogues au bord de l'eau, on dansait sur les berges, on oubliait les noyés, on buvait à leur santé, y avait de grandes tablées au bord de l'eau, la mère Penelle en tablier apportait des quenelles de brochet dans son grand plat à gratin, ah vous n'avez pas connu l'époque des quenelles de Penelle, elles gonflaient, elles doraient, elles débordaient du plat dans leur sauce Nantua !

Mais bon je dois vous faire rire à vous parler d'une époque qui doit être le Moyen Âge pour vous, je parie que vous n'avez pas connu le bac à traille – et là, dépliant de nouveau sa carte, il caresse les courbes du Rhône du plat de la main, me montre où nous sommes, vous voyez ce gros nœud bleu où toutes les eaux se rejoignent, c'est ici, c'est tout ce bleu que vous avez sous les yeux, on appelle ça *le grand large*, ça fait près d'un kilomètre de bout en bout, dans le temps y avait un bac à traille, on l'a supprimé en 83 si je me souviens bien, à cause de Malville, la centrale nucléaire, regardez ici, sur la carte on voit encore le mot *bac*, ils ont même dessiné un petit bateau noir, on y faisait grimper les troupeaux pour les mener paître sur l'île aux Bergères, l'île Perdue, l'île Gabrielle, si vous aviez une petite amie vous l'emmeniez sur l'île Marquise où les amoureux laissaient sur le sable des traces de leurs ébats.

Et puis à cette époque-là, avant qu'ils construisent cette satanée centrale, vous voyez tous ces petits carrés noirs, des gens vivaient encore sur l'île du Grand-Brotteau – c'était tout un petit archipel campagnard. On cabotait d'île en île, comme les gens du Saugey qui vivaient aussi sur une île, une île véritable et une enclave – le Rhône, un beau jour, en se mordant la queue, s'était mis à faire d'un méandre une île, c'était assez rigolo, ça compliquait bien les frontières, il ne faut pas oublier que Rhône traçait la frontière depuis des siècles, et les bateliers, dans leur patois, distinguaient les deux rives, pour parler de la rive occidentale qui était française depuis des siècles ils disaient *riaume*, c'est-à-dire du royaume, et pour parler de l'orientale arrachée à l'empire, ils disaient *pire*, on n'était pas de l'Est ou de l'Ouest, on était de riaume ou de pire, vous voyez, grâce aux lônes, je vous fais passer de riaume en pire. Aujourd'hui les gens du Saugey sont reliés à la terre ferme, et l'ancien méandre n'est plus qu'un bras mort, un chapelet d'étangs reliés par un pipi de chat qui s'appelle la Morte. Il faut dire que les lônes disparaissent, oh c'est pas seulement la faute aux barrages, Rhône est un fleuve fantasque, il a passé son temps à changer de cours, un siècle il fait des méandres, un autre il fait des îles, la forme d'un fleuve change plus vite qu'on ne le croit, barrage ou pas barrage, dompté ou non, Rhône n'en fait qu'à sa tête, c'est un têtu, il ondoie, il divague, il zigzague, se presse ici, s'attarde là, vous qui faites du vélo, c'est comme le Tour de France, il y a les eaux échappées, les eaux retardataires, les eaux poursuivantes et le peloton des grosses eaux, et le courant n'est jamais le même, ça change à peu près tous les jours ! Regardez autour de vous, quelle raison de faire des méandres ici, franchement, il n'y a pas de falaise, aucun coteau, ce sont des méandres faits pour le plaisir, le plaisir de s'oublier : le fleuve dispose ici de tant d'espace qu'il ne sait plus où aller, qu'il ne voit pas pour quelle raison il devrait se presser, le hasard doit bien jouer son rôle, il se plie, se déplie, se replie, il tricote et détricote, il tisse la nasse de ses eaux bleues, un vrai macramé !

Vous allez me dire que je suis obsédé par les tissus, mais j'ai travaillé trente ans dans une filature, mon ami, dans la région vous étiez tisserand ou paysan, et puis voilà, tout ça s'est écroulé, l'usine a fermé, c'était moins cher d'aller fabriquer tout ça ailleurs, je me suis retrouvé au chômage et j'ai fini par être embauché par la CNR, la Compagnie nationale du Rhône, et c'est là que j'ai tout compris, comment ça fonctionnait, tout ce monde aquatique sur lequel je m'aventurais depuis que j'avais une barque…

Il parle, il parle, mais je n'écoute plus, je regarde l'horizon, lorsque je vois soudain surgir au-dessus des saules cendrés la silhouette jaune et gris de la centrale nucléaire de Malville que je connais bien, puisque mon père y travaille. Et là, tout à coup, pointant l'horizon de son tuyau de pipe, le vieil homme s'emporte : il paraît qu'on va bientôt la fermer, celle-là ! Ça fait quinze ans qu'elle est là et quinze ans qu'elle ne sert à rien, quinze ans qu'elle nous menace d'un nouveau Tchernobyl !

*

En repensant à ce vieil homme sur sa rivière et à la silhouette de la centrale nucléaire, en repensant aux noms de Malville et de Tchernobyl qui riment terriblement dans ma mémoire et résument toute mon enfance, je comprends pourquoi le Rhône et le Dniepr confluaient dans mon rêve et je dénoue l'entrelacs des souvenirs.

C'était en Ukraine, le soir où nous étions revenus pour une seconde fois de la Desna. Nous avions rendu visite à la grand-mère de Vlad. Vieille dame inconsolable, elle avait perdu la même année son village et son fils : le premier avait été englouti par les bulldozers chargés de nettoyer la zone contaminée ; le second était un de ces *liquidateurs* dont le cadavre était tellement radioactif qu'on avait jugé préférable de l'enterrer dans un cercueil en zinc. Je savais que Vlad était orphelin de père, je savais qu'il était né en janvier 86, quelques mois avant Tchernobyl, mais j'apprenais soudain que son père y était mort, à Tchernobyl.

Je comprenais enfin pourquoi il ne voulait jamais se baigner dans les eaux du Dniepr et préférait celles de la Desna, qu'il jugeait les plus pures du pays. En mai 86, on avait relogé Vlad et sa mère dans une barre de la banlieue nord de Kiev et sa grand-mère dans une maisonnette du village ouvrier de Troïechtchina. Les bulldozers des années 2000 l'avaient épargnée mais la fièvre immobilière récente l'avait encerclée ; des gratte-ciel faisaient de l'ombre à son verger. Elle nous avait raconté sa vie de perpétuelle déplacée, elle qui avait survécu à la Grande Famine, à la Grande Guerre patriotique, à Tchernobyl, à la dislocation de son pays, et, sur une vieille carte de l'URSS placardée dans la cuisine à côté du portrait de Lénine, elle avait tracé du doigt ce triste itinéraire.

En écoutant ce récit, je saisissais un peu mieux d'où venait Vlad, et pourquoi son grand rêve était de gagner l'Europe occidentale. Il me disait qu'un jour il prendrait son vélo, traverserait toute l'Ukraine jusqu'à Odessa, gagnerait le delta du Danube et remonterait le fleuve jusqu'à sa source. Il avait lu quelque part qu'une piste cyclable longeait le Danube d'est en ouest mais il pensait prendre des chemins de traverse pour franchir la frontière sans visa. Il tenterait sa chance quelque part en Allemagne ou en France puisqu'il parlait français, on voudrait bien de lui là-bas, il était costaud, endurant, il avait de l'énergie à revendre.

D'ailleurs Vlad ne pigeait pas ce qui m'attirait dans son pays. Mis à part les rives de la Desna et les coupoles de sa ville natale, il savait d'avance qu'il ne regretterait rien, pas même le Dniepr : le fleuve autrefois chanté par Gogol, Chevtchenko et les bardes ukrainiens était devenu – avec ses barrages, ses réservoirs, ses centrales nucléaires et hydroélectriques – la trace la plus indélébile de l'époque soviétique, un no man's land saccagé, une longue mer tortueuse qui coupait en deux le pays, souvent très large, plus de vingt kilomètres par endroits, si bien que chaque ville avait son port et sa gare fluviale. Ce Dniepr qui gelait tout l'hiver était une vraie frontière qu'il franchissait rarement, tout l'est et le sud du pays demeurant pour lui comme une terre étrangère, où trop de gens regrettaient l'URSS et l'empire des tsars. Comment lui dire ce que je venais chercher dans son pays ? L'Ukraine était pour moi la zone de tous les possibles et je m'ennuyais terriblement en France. Mais ce jour-là, je lui fis la promesse que si l'envie lui prenait vraiment, un jour, de remonter le Danube à vélo, il pouvait compter sur moi.

Le dernier des Khazars

C'est dans un café du boulevard de Sébastopol que Youri me raconta son voyage dans l'Empire khazar. On était en janvier ; il y avait dehors un beau soleil d'hiver. Malgré tous ses voyages, Youri n'avait mis qu'une fois les pieds à Paris, pour un colloque, sur la rive gauche, et n'avait pas traversé la Seine. Il était très étonné de retrouver Sébastopol, qu'il avait quitté trois ans plus tôt, sous la forme d'un boulevard et d'une station de métro.

Je lui répondis qu'il y avait aussi à Paris une rue de Crimée, une rue d'Odessa et une rue d'Eupatoria, et même une ville, en banlieue, qui s'appelait Malakoff : bien des souvenirs de la guerre de Crimée étaient gravés sur les petites plaques bleu nuit qui servent de repères aux Parisiens. Les menées belliqueuses du second Empire avaient laissé des traces indélébiles dans la mémoire quotidienne et le zouave de l'Alma mesurait tous les jours le niveau de la Seine et le bien-fondé de la devise *Fluctuat nec mergitur*.

Je n'avais pas revu Youri depuis des années. Tout dans sa physionomie paraissait changé. Son menton fendu d'une fossette à la Kirk Douglas était plus carré, les mâchoires serrées, le regard fiévreux, les cernes accusés ; les sourcils constamment froncés évoquaient le règne des grands oiseaux de proie ; un air glacial et minéral se lisait, lorsqu'il relevait ses lunettes noires, dans l'iris très vert de ses yeux légèrement bridés ; il avait maigri avec le temps et son visage mal rasé s'était affûté ; il ressemblait de plus en plus à ces vieilles pierres auxquelles il consacrait tout son temps ; sa peau avait désormais la couleur grisâtre et rosée du granit ou du grès. Ses *nourritures terrestres*, comme il les appelait lui-même, l'avaient dévoré.

Depuis l'annexion de la Crimée par les Russes, qui avait mis fin à ses recherches archéologiques, il vivait avec Liza, la femme de sa vie, en Arizona. Il ne haïssait rien tant que la pluie ; l'humidité le déprimait ; il avait besoin de soleil, de beaucoup de soleil ; il avait besoin d'espace, de beaucoup d'espace. Il n'était plus le même homme, et ce n'était pas seulement qu'il avait vieilli ; ses manières aussi avaient changé, il était plus calme et plus concentré ; son exaltation était plus réfléchie, son exubérance assagie, sa voix grave et posée ; il n'avait plus ces accès d'humeur, ces petites colères imprévisibles qui le rendaient redoutable. Il était devenu ce que nous avons tous rêvé d'être enfant : un Indien. Il serait tôt ou tard ce qui nous résumera tous à la fin : un tas d'os sous un tas de pierres.

Sous ses lunettes noires, je ne l'aurais jamais reconnu. Je le trouvai tristement assis derrière la vitre d'un bistrot. Je fus surpris lorsqu'il se leva pour me saluer ; j'avais oublié qu'il était si grand ; sa main, lorsqu'elle serra la mienne, me parut avoir la dureté froide et réconfortante du marbre. Sur la petite nappe en papier, deux verres vides indiquaient qu'il n'avait pas perdu au fin fond du Far West ses mauvaises habitudes. Dans le premier verre qu'il finissait de siroter tintaient des glaçons colorés d'un brun-roux – cognac ou whisky. Dans le second, la résille mousseuse d'un fond de bière collait encore aux parois.

Je lui demandai quelle occasion l'amenait à Paris. Il me dit, en faisant glisser ses lunettes noires sur la bosse de son nez, qu'il était venu disséminer dans la Seine les cendres de son père, comme celui-ci l'avait exigé dans son testament : ses parents s'étaient rencontrés à Paris trois ans avant sa naissance, s'étaient embrassés pour la première fois devant le musée du Louvre. Je le soupçonnais, encore une fois, d'inventer ; sa tristesse pourtant n'avait pas l'air feinte ; mais il faut dire qu'il m'avait toujours raconté des sornettes.

À sa tristesse s'ajoutait une inquiétude, une perplexité mêlée d'une fébrilité que je devinais. Il devança mes questions. Il voulait m'entretenir, dit-il à voix basse, d'un sujet brûlant : une découverte archéologique sensationnelle, d'une importance capitale, qui ne manquerait pas d'avoir de grandes répercussions historiques.

Ainsi commença son récit. Comme il me l'avait appris dans une lettre, il dirigeait en Crimée, dans l'arrière-pays, des fouilles à la recherche d'une cité perdue, mais l'invasion russe, en mars 2014, l'avait forcé à prendre la fuite pour les États-Unis.

Tandis qu'il me décrivait en détail cette Crimée de soleil et de pierrailles, j'essayais de me rappeler le Youri que j'avais connu, le Youri d'il y a vingt ans, le Youri volubile de nos années stambouliotes. Je nous revoyais courant dans les ruelles tortueuses de Beyoğlu, sautant dans le funiculaire du Tünel, passant sous des figuiers fringants et des balcons délabrés, admirant des palais en ruine et des vérandas lézardées, traversant des cours à l'abandon, gravissant des marches tapissées de mousse, escaladant les vieux remparts romains, effrayant les pigeons et les chats errants, visitant des églises flanquées de minarets, admirant des mosaïques byzantines.

Sur les quais de Beşiktaş, le long du Bosphore, le vent rageur ébouriffait sa crinière hirsute et rousse. De cette crinière qui m'avait fasciné, il ne restait plus qu'un irréductible épi qui rebiquait sur le haut du crâne ; les tempes et la nuque étaient rases et grisonnantes ; la calvitie découvrait son grand front légèrement ridé ; des taches de rousseur pommelaient ses joues mal rasées ; au creux de son cou, là où s'échancrait l'élégante chemise au col amidonné, brillait la chaîne en or – un bijou de famille – qui se balançait jadis sur les quais de Kadıköy lorsque nous courions pour attraper le *vapur* d'Üsküdar ; au bout de la chaîne, un pendentif en forme d'aleph scintillait dans le soleil rasant et s'emberlificotait dans la broussaille rousse des poils.

Je me permis de l'interrompre dans sa description passionnée de la steppe pour lui demander ce qu'il avait fait ces dernières années. Il me répondit qu'il avait soutenu sa thèse d'archéologie à l'université de Kharkiv, puis qu'il avait vécu dans toutes sortes de villes, toutes sortes de pays ; qu'il avait aimé un nombre incalculable de femmes ; je l'écoutais d'une oreille distraite et d'un œil amusé ; je le savais affabulateur ; en même temps, je savais que son charme, son appétit, son donjuanisme et sa situation de chercheur – de *post-doc*, disait-il dans ce franglais qui nous servait de langue véhiculaire – l'embarquaient dans bien des missions, faisant de lui un nouveau nomade. Je savais, pour lui avoir rendu visite quelquefois, qu'il déballait à peine les deux valises dans lesquelles tenait toute sa vie.

Il m'inventait chaque fois de nouvelles conquêtes, de nouveaux ancêtres, une nouvelle origine. Le nombre de pays où il avait vécu paraissait infini ; infini le nombre de villes qui l'avaient vu naître. Un jour il était originaire de Roumanie, un autre de Hongrie, un autre encore d'Ukraine, de Pologne ou de Tchécoslovaquie. Fils de diplomates ou de réfugiés politiques, il avait vécu au Canada, en Chine, en Colombie ; dans ses descriptions, Pékin sous la neige se changeait soudain en Ottawa ; s'il me racontait son adolescence et ses années de lycée, on passait d'Istanbul – qu'il appelait Constantinople – à Stalingrad et de Stalingrad à Leningrad.

Si je lui demandais des précisions, il balayait tous ces noms d'un revers de main, comme si ces villes étaient vouées à disparaître un jour et me disait que les villes qu'il avait connues, les pays qu'il avait aimés, pour beaucoup s'étaient vus renommés, et pourtant, il n'avait qu'une cinquantaine d'années ; à l'écouter, on aurait cru qu'il avait déjà vécu trois mille ans comme ces fragments d'os et ces tessons de poterie qui l'occupaient la plupart du temps, et qu'il en vivrait tout autant – aussi bien, disait-il, quand je serai mort toutes ces villes auront encore changé de nom ; tous ces pays disparu : Israël ne sera plus qu'un rêve enfoui dans les sables du Néguev, l'Ukraine et la Belgique coupées en deux, l'Union européenne agonisante et démembrée, la Russie déchirée, les États-Unis désunis.

Son métier d'archéologue le rendait nostalgique des civilisations perdues. Souffrant d'hypertrophie de la mémoire, selon son expression, et, paradoxalement, d'une capacité d'imagination sans bornes, il était littéralement hanté par le souvenir de ses fouilles. Son esprit s'était tellement gavé d'ouvrages obscurs qu'il rêvait de migrations, d'invasions, de massacres. Ses nuits le ramenaient souvent sur le même site archéologique, une pelle ou une pioche imaginaire en main, excavant des strates et des strates d'argile rouge sang, griffonnant ses calepins de signes cabalistiques, grattant des amphores, astiquant des fibules, déblayant des tas de tessons, balayant des fémurs, soupesant des crânes.

Il se réveillait parfois en sursaut, le cœur battant à tout rompre : il avait vu les Varègues, vu Gengis Khan, vu Tamerlan, vu la Horde d'Or, vu les Scythes déferler dans les plis de ses draps. De mauvaises langues disaient que ses journées n'étaient pas moins folles que ses nuits et qu'il lui arrivait en plein milieu d'une fouille de se mettre à courir en brandissant une pioche, car, hurlait-il, Attila le pourchassait.

Si je lui demandais d'où venait sa famille maternelle, en Ukraine, il me disait : *de la frontière*. Et si je lui demandais quelle frontière, il me disait : cher ami, *toute l'Ukraine est une frontière* – la plus vaste des marches frontières, une zone frontalière plus grande que la France, avec ses bornes milliaires, ses chicanes, ses postes de douane, ses miradors et ses barbelés, ses no man's land, ses glacis, ses forteresses et ses bastions, ses récits de clandestins et de contrebandiers, ses rumeurs, ses légendes.

Youri, qui venait de commander à la serveuse un nouveau cognac, me récitait des listes de peuplades plus ou moins disparues, aux noms bizarres, dont il aurait retrouvé les traces au cours de ses fouilles en Crimée : il y avait des Scythes et des Sarmates, des Goths et des Cimmériens, des Avars et des Bastarnes, des Coumans et des Alains, des Bachkirs et des Huns, des Iazyges et des Petchenègues, des Balkars et des Kiptchaks, des Tatars et des Zyntars. Tous ces peuples ennemis ou vassaux des Khazars auraient déferlé les uns après les autres sur cette vieille ville de Crimée dont il avait découvert les ruines en plein milieu de la steppe.

Tandis qu'il énumérait les caractéristiques de ces peuplades, précisant leur langue et leur lignage supposés, me revenait en mémoire notre première rencontre. C'était à Taksim, le quartier le plus animé d'Istanbul, au début des années 2000. Je suis sur la terrasse d'un bar avec des amis russes. Une foule bruyante et bigarrée passe dans la rue. Cris, rires, embrassades. Et, par-dessus tout cela, se mêlant à des accents de rock échappés de tous les clubs de la ville, s'élève le chant du muezzin. À ce moment-là, un type immense, taillé dans le roc, visiblement éméché, sort du bar en titubant, fait valdinguer la porte sous l'œil agacé du videur. Il s'approche de nous, un verre de raki à la main. Nous salue en russe. S'assied à mes côtés, sur une marche. Me demande d'où je viens. Ah ! je suis français, ça tombe bien, il parle français, ou plutôt il veut à tout prix parler français. Quelle belle langue ! Quelle langue romantique !

– S'il vous plaît moi parler français, dit-il dans sa grammaire rudimentaire.

À mon tour, je lui demande d'où il vient. Il répond :

– De Russie.

– De quelle ville ?

– Donetsk, dit-il en sifflant ses dernières gouttes de raki.

– Donetsk ? Mais ce n'est pas la Russie !

– Si, si, Donetsk, Russie !

– Non, aujourd'hui, c'est l'Ukraine, vous savez l'URSS, c'est fini !

Comme il fait non de la tête, je jette l'éponge :

– Bon, si vous y tenez !

Il sourit.

– Et vous faites quoi à Istanbul ?

– Mission secrète.

– Vous parlez turc ?

– Non, enfin un peu…

Et il débite quelques phrases dans un turc effroyable, puis rit de nouveau. Enfin il ajoute :

– Mais mon grand-père paternel lui parler turc.

– Votre grand-père paternel ?

– Mon grand-père du Caucase. Né à Bakou.

– Et vous, vous êtes né où ? À Donetsk ?

– Non, moi né à Bruxelles.

– Alors vous êtes belge ?

– Non mais moi parler flamand un peu.

– Alors vous êtes quoi ?

– Papa de Crimée.

– Donc vous voyez bien que vous êtes ukrainien !

– Ah ! non ! Pas ukrainien, fait-il, comme s'il se sentait offensé. Papa de Crimée, maman de la frontière. Rencontrés à Paris, mariés à Bruxelles.

Je comprends alors qu'il est surtout complètement saoul et qu'il ne sait plus où il habite. Là-dessus, il me tape sur la cuisse, me fait signe de me lever, me passe l'accolade et nous allons boire des verres de raki – à la santé de ses parents, de ses ancêtres, de la France, de la Belgique, de Bakou, d'Istanbul – pardon, de Constantinople – et de tout cet imbroglio géographique.

Quelques jours plus tard, il m'avoua qu'il était archéologue. Il était en Turquie pour des recherches ; il étudiait à l'université de Kharkiv ; son domaine d'investigation était la culture appelée par les spécialistes *saltovo-maïatskaïa*, une strate archéologique qui posait de gros problèmes de datation mais qui englobait, entre autres, des ruines de forteresses et des tumulus – les kourganes – attribués aux Khazars. Tout ce que je savais du peuple mystérieux des Khazars à l'époque, c'est qu'ils avaient laissé derrière eux le souvenir d'un rivage évanoui. Une amie iranienne m'avait un jour confié qu'elle était née sur les bords de la Caspienne, et que cette mer, en persan, s'appelait la mer des Khazars – *daryâ-ye Khazar* – ; les Israéliens, m'avait dit cette amie iranienne, prétendent que les Khazars étaient juifs, mais c'est faux, le roi des Khazars s'était peut-être converti au judaïsme mais le peuple khazar, qui descendait des Turcs ou des Mongols, était musulman.

Je ne savais rien non plus de la Crimée. Sébastopol, Malakoff, l'Alma – c'étaient pour moi des lieux de Paris, de petits points comme Stalingrad ou Solferino que reliaient des lignes multicolores sur le plan du métro. Cette Crimée inconnue, Youri me la décrivait. À mesure qu'il évoquait les paysages traversés, le site de la ville retrouvée, son visage s'animait, je reconnaissais le Youri d'il y a vingt ans ; la carte se dessinait sous ses gestes, je voyais l'horizon dans l'iris vert de ses yeux en amande ; les ravins se dessinaient dans ses rides et ses fossettes ; la steppe dans ses taches de rousseur et sous son regard d'aigle ; je voyais les pierres se dresser dans le mouvement de ses grandes mains calleuses ; j'entendais les acacias, les cyprès, les eucalyptus s'agiter sous le vent rugueux de sa voix.

Au XVIe siècle, me disait Youri, la Crimée – la Tauride des Anciens – était appelée la Gothie par les voyageurs arabes ; les voyageurs italiens l'appelaient Gazaria. Ces deux noms lui seraient venus de deux tribus : le premier des Goths ; le second des Khazars. À partir du XIIe siècle, leur capitale des rives de la Volga rasée, leur empire démantelé et rétréci comme peau de chagrin, des négociants khazars fuyant les invasions mongoles et les raids des Varègues auraient trouvé refuge sur cette péninsule défendue par la mer et les montagnes.

Des négociants, des artisans, mais peut-être aussi des chevaliers et des paysans, précisait Youri. On réduit le plus souvent les peuples à une seule de leurs caractéristiques, disait Youri : les Vikings qui étaient de grands marchands à des barbares razziant la terre entière sur leurs drakkars ; les Scythes qui comptaient nombre d'orfèvres à des archers démoniaques ; les Huns à des monstres assoiffés de sang ; Attila qui était un fin stratège au fléau de Dieu. Les Khazars dérangeaient tout le monde car ils bouleversaient les lignes de partage admises : comment des nomades turco-mongols pouvaient-ils se convertir au judaïsme ?

Se fiant aux différentes sources qu'il avait explorées, aux sites archéologiques qu'il avait visités, Youri ne croyait pas dans une conversion massive des Khazars au judaïsme. Il imaginait plutôt l'Empire khazar comme un creuset de peuples d'origine variée, un mélange de langues et d'alphabets, un métissage de fois diverses et de rites hybrides. Il considérait cet empire comme un des plus modernes et des plus puissants de son époque ; son kagan – le titre du roi – était un monarque éclairé, son régime politique et sa doctrine religieuse un modèle étonnant, précurseur et à vrai dire éphémère, de syncrétisme et de tolérance. Selon lui, les Khazars – qui étaient apparentés aux Huns – étaient les ancêtres des Juifs ashkénazes mais aussi des Tatars, des Cosaques et des Kazakhs ; la racine turque *gaz* exprimait l'idée d'errance, d'un peuple nomade errant d'une terre à l'autre et d'une foi à l'autre, défiant les frontières, voué à l'horizon infini des steppes et aux vicissitudes de l'histoire.

Les ruines découvertes en Crimée confirmaient ses hypothèses. Cherchant une ville en partie dégagée en 1989 puis enfouie deux ans plus tard par des archéologues soviétiques craignant, à l'annonce de la dislocation de l'URSS, les saccages des époques troublées, Youri et son équipe étaient tombés sur trois cités. Les premières strates renfermaient des vestiges bien conservés d'habitations de briques rouges organisées autour d'une place centrale. Sous cette vaste ville médiévale pouvant abriter cinquante mille personnes s'en trouvait une autre, plus vaste encore. Sous cette ville enfin, la strate la plus profonde contenait les restes d'une cité du VIIIe siècle au plan labyrinthique : de grands blocs de calcaire qui étaient autrefois des palais, des ruines de remparts et de bastions, l'emplacement de yourtes et de kourganes, et tout cela reposait sur un dédale souterrain de canaux et de conduits servant à chauffer l'ensemble de la cité.

Youri me décrivait cette ville pierre par pierre comme une utopie. Malgré la chaleur suffocante, lui et son équipe avaient travaillé tous les jours de l'été, se levant à l'aube, se couchant à la nuit tombée. De cette triple ville, il avait exploré les moindres recoins, tâté les pierres brûlantes sous le soleil torride, soupesé les centaines de trouvailles. Il en parlait avec ardeur, comme on parle d'une femme aimée. Ayant tiré de la poche de son duffle-coat un stylo noir, il en esquissait le plan sur la nappe en papier.

Il dessinait l'écheveau serré des courbes de niveau, le tracé en pointillé d'un ruisseau asséché, les dentelures des remparts, le réseau régulier des rues ; il dessinait des ellipses enfin, qui étaient des kourganes. C'était dans une de ces kourganes qu'il avait fait une découverte formidable. Les restes d'un cavalier inhumé avec son cheval. L'armure et le harnachement étaient ceux d'un cavalier khazar – sans doute un de ces nobles qui s'étaient convertis, à la suite de leur kagan, au judaïsme. Seulement, sur la stèle funéraire, il avait découvert une épitaphe dans un étrange alphabet, ainsi que de drôles de signes religieux.

Il avait cru d'abord à une supercherie. Les faux pullulaient à la fin de l'époque soviétique. Chaque peuple de l'URSS désagrégée se cherchait de valeureux ancêtres et des ennemis héréditaires. Le pire de ces canulars avait vu le jour en Ukraine. Dans le grenier d'un château en ruine, on avait retrouvé des tablettes de bouleau gravées d'inscriptions en cyrillique. L'auteur s'appelait Vles et racontait la lutte des tribus slaves unifiées contre leurs nombreux ennemis : les Goths, les Sarmates, les Scythes, les Huns et bien évidemment, les Khazars. Vles proposait une construction trinitaire du monde. Iav, le monde visible, s'opposait à Nav, le monde de l'au-delà, et à Prav, le monde des lois. Vles défendait des valeurs païennes et les opposait violemment à l'islam, au judaïsme et à un christianisme étranger aux traditions slaves. Au sujet des Khazars, on retrouvait des allusions à des sacrifices sanglants – ceux-ci, disait Vles, étaient typiques de la religion juive.

Selon Vles, les tribus slaves provenaient comme les autres races aryennes du royaume de Daarie, une Atlantide de l'Arctique. À la chute de l'URSS, popularisé par les milieux nationalistes, le livre de Vles se propagea partout, dans les revues à prétention scientifique, dans les universités, dans les émissions télévisées ; Vles devint le premier historien de la Russie. Mais des philologues avisés remarquèrent des incohérences dans la paléographie ; la langue de Vles mélangeait des écritures slaves de différentes époques ; l'auteur des tablettes était Soulakazev, un célèbre mystificateur du XIXe siècle – de ce siècle qui avait vu la fabrication de tant de faux, le plus célèbre étant le grand pamphlet antisémite, le *Protocole des sages de Sion*.

Je demandai à Youri d'abréger ces digressions et de me décrire cet étrange alphabet et ces drôles de signes religieux qu'il avait retrouvés dans la sépulture du cavalier khazar. Sans dire un mot, il posa ses lunettes noires sur la table, avala le fond d'un dernier verre de cognac, décapuchonna son stylo noir et se mit à tracer des caractères bizarres sur la nappe en papier.

C'est l'alphabet khazar, dit-il en déchirant le morceau de nappe et en me le tendant. Un alphabet qui mélange l'hébreu, le cyrillique et le gotique – la langue des Goths qui se parlait en Crimée jusqu'au XVIIe siècle. On ne sait pas quelle langue parlaient les Khazars ; on conjecture qu'ils parlaient une langue turcique – ce que certains auteurs appellent la *lingua cumanica*, qui survivrait aujourd'hui dans le tchouvache ou dans le dialecte des Karaïtes de Lituanie ; ces derniers l'emploient encore dans leurs prières ; ils l'appellent la *langue de Kedar*. D'autres chercheurs pensent que la langue des Khazars se serait fondue avec des parlers paléoslaves et la langue gotique, et serait à l'origine du yiddish. Dans ce cas, le yiddish serait une des premières langues germaniques, une langue aussi ancienne que l'islandais.

Je l'écoutais d'une oreille distraite, ne voyant là que des hypothèses insensées. Je l'exhortais à en venir aux drôles de signes religieux. Sans dire un mot, il se mit à dessiner sur la nappe des demi-cercles concentriques, de plus en plus grands, au nombre de trois, puis il traça un trait net qui coupait verticalement chaque demi-cercle en son milieu et se divisait vers le bas en trois branches. Ce qui donnait à peu près ceci :

– Tu vois, dit-il, cette menorah se termine par un trident – le sceau des tribus turques et des khans mongols –, le *tamga*.

Puis, sur la gauche, il dessina un croissant ; sur la droite une croix byzantine. Tout autour, il traça des symboles païens : des ifs ou des cyprès stylisés, qui pouvaient être aussi bien des flèches ou des pioches.

Le lendemain de sa découverte, il s'était rendu tout à l'est de la Crimée, au musée archéologique de Kertch, une ville portuaire qui faisait alors face à la Russie. Le conservateur n'était pas étonné ; il lui avait montré d'autres stèles funéraires, déterrées dans des kourganes de la péninsule, et qui portaient le même genre de symboles œcuméniques. Bref, il tenait la preuve que certains Khazars avaient épousé toutes les croyances – les trois monothéismes – tout en conservant une dévotion vivace aux rites païens.

Mais ce n'était pas tout. Il avait fait dans la matinée une découverte plus grande encore, en mettant de l'ordre dans les papiers de son père récemment décédé. C'était le passeport israélien de celui-ci, acquis en 1993, à leur arrivée en Terre promise.

– Regarde, me dit Youri en sortant de son duffle-coat le passeport. Regarde la ligne *nationalité*.

Sous la photo en noir et blanc d'un homme que j'aurais pu prendre pour Youri – les mêmes yeux clairs, le même nez, les mêmes mâchoires serrées, la même fossette à la Kirk Douglas – je lus : nationalité : *khazar*.

– Tu imagines ? s'exclama Youri, mon père était le dernier des Khazars !

Intrigué par cette découverte, il avait appelé son oncle, qui lui avait raconté au téléphone le fin mot de l'histoire, en riant sans cesse dans le combiné. Son père avait toujours souffert que l'URSS, pays laïc et prétendument multiethnique, le distingue systématiquement – ce qui lui valait tout un tas de tracas – comme *juif*. En Israël, lorsque l'officier d'état civil lui demanda sa nationalité, il répondit :

– Tout ce que vous voulez, mais pas juif.

– Comment ça, pas juif ? Vous n'êtes pas juif ?

– Non, je suis soviétique, dit fièrement le père.

– Soviétique ? Impossible, lui répondit l'agent, nous sommes désolés, monsieur, mais soviétique n'est plus une nationalité reconnue !

Quoi alors ? Russe ? Ukrainien ? Impossible, pour cet homme dont ni le russe ni l'ukrainien n'était la langue maternelle, d'accepter ces catégories. Donc, sur un coup de colère, il aurait lancé :

– Khazar, écrivez khazar !

L'agent se leva, fit venir un supérieur hiérarchique, qui le tortura un bon moment de questions idiotes. Puis, de lassitude, le supérieur prit la place de son subordonné, pianota rageusement sur la machine et délivra ce passeport inédit en s'écriant :

– Voici, monsieur, fichez-moi le camp, et sachez que si vous êtes le dernier des Khazars, vous êtes en tout cas le premier des salopards !

Deux coupoles volantes

Kiev, le 8 octobre 2008

Ma chère Laura,

Excuse-moi de ne pas t'avoir donné de nouvelles plus tôt. Ne m'en veux pas si ce que j'écris n'est pas très clair, même un peu embrouillé. Mon récit te paraîtra peut-être extravagant, et là où je tiens à voir des trouvailles, tu ne verras probablement qu'une suite de coïncidences fortuites ou d'élucubrations – et tu te diras encore une fois que je suis fou. Non, je ne suis pas fou mais depuis que je suis arrivé ici, dans cette ville inconnue, il se passe des choses étranges.

Je partage la moitié du salon avec les tortues de Vassia, mon colocataire – deux tortues de Floride qui plongent et replongent sans cesse dans leur aquarium, et semblent parfois me scruter de leurs yeux reptiliens, se demander quel est cet animal noctambule qui va et vient entre le canapé qui lui sert de plumard et la véranda, là-bas, d'où il épie l'aube d'un œil noir. Elles doivent attendre que je plonge à mon tour, du haut de ce douzième étage, pour en finir avec mes insomnies.

Je cherche à me guérir par la marche. J'ai passé les premiers jours depuis mon arrivée à arpenter les rues de la ville. Rome, tu t'en souviens, n'a que sept collines et quelques dizaines de clochers. Ici, on est dans la ville des mille et une collines et des mille et une coupoles. Dans un ensemble monastique qui porte ton nom, la Laure de Petchersk, il y a toutes sortes de coupoles – toutes les époques, tous les styles sont représentés, du plus pur style byzantin au rococo dégoulinant en passant par les beaux bulbes d'oignons de la Rous médiévale. Une coupole s'apprête toujours à surgir, derrière une colline, au beau milieu d'un parc ou d'un jardin, à travers une arche, de l'autre côté du Dniepr.

Tu es parfois au cœur de la vieille ville, tu t'engages dans une ruelle tortueuse et mal pavée qui grimpe à travers des jardinets et des maisonnettes biscornues et il suffit de s'aventurer dans une impasse, pour déboucher sur une tranchée vertigineuse et désolée où la roche affleure par endroits. La ville est éventrée par ces ravins en zigzag ; on les appelle ici des *yar*.

Il en est un qui est resté tristement célèbre, *Babi Yar*, le ravin de la grand-mère : on y massacra plus de trente mille Juifs. Là, dans ces *yar* mal famés qui servent aujourd'hui de tout-à-l'égout et de décharges publiques, là s'ébattent des couples, on y boit des bières et de la vodka, on y fume des joints, on y sniffe de la coke, on y fait des grillades sur des pierrailles, on pique-nique sur des tombes, on bivouaque, on campe nuit et jour, c'est le royaume des chats et des chiens errants, c'est le lieu de tous les trafics et de toutes les saouleries.

Si tu t'aventures plus loin, la verdure s'efface, toute trace de vie s'efface, les cadavres de bouteilles s'espacent, il n'y a plus que du sable rouge alentour, couleur de chair écorchée, des broussailles, des épineux, tu te croirais déjà en pleine steppe, et tout à coup ça brille à l'horizon, tu te frottes les yeux, tu te demandes si tu n'es pas pris d'hallucination, on croirait une montgolfière qui s'élève de l'autre côté du ravin, c'est une coupole, elle vole, elle vient d'atterrir, elle vacille, elle carillonne dans le soleil, elle te fiche le vertige, elle s'apprête à repartir. Et puis ce sont deux, trois, quatre, cinq coupoles, des dorures et des volutes, des croix, des pinacles, des pilastres, des colonnes, la façade blanchie à la chaux d'une église et derrière cette église, une autre église, tout un pan de la ville enfin qui se dévoile, avec les grandes tours vitrées des hôtels, le funiculaire, les tramways, les maisons minuscules en contrebas, les quais, les péniches, les bateaux-mouches, les grues, les entrepôts, les cheminées d'usine, les docks abandonnés sur les berges du fleuve. Cette ville tant de fois disputée au cours des siècles, cette ville héroïque et martyre a un air d'inachèvement délibéré, c'est un bric-à-brac invraisemblable où un millénaire de chantiers et de saccages fait se côtoyer le vide et le plein, l'antique et le moderne, le kitsch et le raffiné.

Elle me fascine, cette ville ravinée, verdoyante, labyrinthique et éclatée comme une mosaïque byzantine. J'ai cherché en vain un meublé dans la ville basse, dans la ville haute, dans la vieille ville. Rien trouvé d'habitable : on ne m'a montré que des taudis, des ruines. En attendant mieux, je suis tombé sur cette colocation dans un immeuble de banlieue. C'est très laid – avec des murs fissurés et des papiers peints en haillons – mais bien pratique.

Rien de plus triste qu'une banlieue soviétique à l'automne. Car ici, oui, c'est déjà l'automne. J'imagine qu'à Paris les nuits sont encore tièdes, que les feuilles des marronniers sont encore vertes, ou commencent à tomber en virevoltant dans l'air, et que tu te promènes encore en jupe. Ici on entre de plain-pied dans l'automne. Les feuilles mortes forment des bourrelets bruns aux quatre coins du terrain vague que je peux contempler depuis la véranda, un terrain vague cerné de hautes tours déglinguées, avec de vieilles Lada rouillées, une benne à ordures, des gravats, des platanes fatigués. Et je me suis rappelé hier que c'est dans une tour de ce genre, dans une banlieue de ce genre, que j'ai passé les toutes premières années de ma vie – un jour mes parents m'ont montré, depuis le périph, cette cité HLM baptisée Gagarine, où nous avions un chat nommé Kaki et du papier peint orange qui lui servait à faire ses griffes.

Je m'étais juré de ne jamais retourner dans un monde pareil. Il faut croire que j'ai échoué. Tous les soirs, en revenant de la fac, je descends mille pieds sous terre d'escalator en escalator, traverse toute la ville et toute la banlieue dans un boucan d'enfer, suspendu comme un pantin à la poignée d'un métro branlant et je sors au terminus, traverse le rond-point en sautillant entre les flaques de boue et les tas de feuilles mortes, grimpe à bord d'une fourgonnette jaune qui sert de taxi collectif et descends à l'arrêt *Heroïv Stalinhrada*, la rue des héros de Stalingrad. Je les imagine gisant dans la neige et le sang, les pauvres héros de Stalingrad – toute cette chair à canon dont on a honoré le sacrifice par ces barres de béton. J'habite le numéro 102. Je confonds souvent avec le numéro 104. Ou le numéro 106. Mêmes barres jaune moutarde de douze étages, mêmes parkings à perte de vue, mêmes Lada, mêmes platanes aux troncs éléphantesques dont on a peinturluré l'écorce en blanc pour refléter les phares, servir de repères aux voitures, éviter les carnages du samedi soir.

Depuis quelques jours, le terrain vague a pris des couleurs : on annonce à grand renfort de banderoles la venue prochaine du métropolite de Constantinople, pour célébrer en grande pompe le mille vingtième anniversaire du baptême de Vladimir le Grand – en ukrainien Volodymyr –, le Clovis varègue que se disputent Russes et Ukrainiens. C'est toute une affaire ici, à en croire la presse, entre les orthodoxes tournés vers Byzance, ceux qui sont restés fidèles à Moscou, ceux qui affirment fièrement l'indépendance de l'Église nationale et ceux qui, comme Vassia, s'en fichent parce qu'ils sont uniates, catholiques ou athées. Quand on pense que Vladimir le Grand fit assassiner son frère pour prendre sa place sur le trône de Kiev et qu'il multiplia les concubines au point d'être surnommé *Fornicator maximus*, cet engouement de toutes les églises orthodoxes prête à sourire !

*

En ce qui me concerne, sois rassurée, c'est le calme plat. À part les tortues de Vassia, qui s'aventurent parfois entre mes draps et que je dois replonger dans leur aquarium en les tenant par la carapace, je n'ai pas fait beaucoup de conquêtes.

La nuit, quand je ne dors pas, je tue le temps sur la véranda avec un verre de vodka. Je pense aux cours que je vais donner dans quelques jours à la fac de lettres, je tâche de me rappeler mes poèmes préférés – je me récite les vers d'Apollinaire que tu me lisais le soir. J'ai fait venir de France toute une malle de bouquins mais comme elle n'a pas été livrée, je dois me contenter des trois romans que j'ai jetés dans mes bagages. Trois romans ! C'était sous-estimer les temps d'attente ou de trajet – à l'aéroport, dans l'avion, le métro, le bus, les taxis collectifs. À la fac, il y a une bibliothèque, mais mon inscription n'a pas encore été validée – tout ici prend un temps fou, il faut remplir des tas de formulaires pour chaque demande –, et pas moyen d'emprunter le moindre bouquin.

Dans la bibliothèque de Vassia, tout est en ukrainien – par patriotisme, il a revendu tous ses livres russes, à part ceux de Gogol, qu'il appelle *Mykola Hohol*, et qu'il considère comme un écrivain ukrainien. Tu le sais, je déchiffre à peine l'ukrainien. Avant-hier, Vassia, qui a eu pitié de moi, m'a rapporté du marché deux traductions russes de l'époque soviétique : *Nadja* et *Le Rouge et le Noir*. J'ai donc passé la nuit dernière avec le *Rouge* en russe. C'est bizarre, le souvenir que nous laissent les livres. Je crois que nous réinventons sans cesse les livres que nous avons lus, que nous les traduisons nous-mêmes dans un idiome qui nous est propre, mais qui demeure longtemps intransmissible.

Imagine ce qui va suivre. Pas moyen de dormir. Je me lève, je vais sur la véranda, j'ouvre le *Rouge*. Je lis les premières pages péniblement mais avec fébrilité. Figure-toi que j'attends avec impatience la description du clocher de l'église – cette église de Verrières qui est le lieu clé du livre, le lieu clé du crime – mais rien à faire, la description ne vient pas. Et pourtant, j'en suis sûr, je mettrais ma main à couper que Stendhal a bien décrit ce clocher. Je vérifie l'édition, la retourne dans tous les sens, c'est une édition intégrale – j'ai l'habitude des éditions de l'époque soviétique, qui sont souvent abrégées. Alors je me dis c'est une erreur du traducteur, un oubli, à moins qu'il manque des pages. Je vérifie les numéros de page, aucun feuillet ne s'est détaché. Le lendemain, je persuade Vassia de m'accompagner au marché. Mon espoir : trouver chez un bouquiniste une version originale du *Rouge*. On finit par en dénicher une. Je la lis toute la nuit. Pas l'ombre d'un clocher. Stendhal décrit bien l'église – *une église que l'on peut appeler magnifique pour une aussi petite ville*, il évoque ses quatre colonnes de marbre, les platanes de la terrasse, mais ne dit pas un mot du clocher. Le clocher que j'attendais a été décapité comme ce pauvre Julien ! J'en conclus que cette description, c'est moi qui l'ai inventée !

Le surlendemain, je suis encore avec le *Rouge* entre les mains, sur la véranda, à guetter l'aurore. Et voici que soudain je vois voler dans le ciel rose et brumeux une coupole bleue. Je sais que tu ne crois plus depuis belle lurette aux tapis volants et aux soucoupes volantes, je sais que tu n'aimes pas la science-fiction et que tu as passé l'âge de lire des contes de fées, mais je t'assure, les coupoles, ici, volent. C'est la magie locale. Est-ce que tu as déjà vu voler une coupole ? C'est un régal pour les yeux ! Oh ! je sais que tu ne me croiras pas et que tu mettras mes visions sur le compte de la vodka ! Je sais qu'il aurait fallu filmer ça ! Si tu avais vu comment cette coupole oscillait, jetait des reflets, tournoyait sur elle-même, comment les premiers rayons du soleil caressaient sa courbure ; on voyait scintiller les nervures, on voyait la grande croix barrée déchirer la brume. Si j'avais eu sous la main mon carnet, je t'aurais fait un petit croquis.

Dans mes pérégrinations à travers la ville, j'ai essayé de croquer quelques coupoles, mais il n'y a rien de plus difficile que de dessiner une coupole ukrainienne, un beau bulbe d'oignon, c'est la courbe la plus périlleuse du monde, on hésite dans le tracé, on tremble, on exagère toujours la convexité, au lieu d'un bulbe on a dessiné une patate, une courge, un ballon de baudruche, les coupoles ukrainiennes sont un vrai défi pour les dessinateurs du dimanche dans mon genre, et puis il faut parvenir à suggérer l'idée de volume et de brillance, l'aspect pulpeux de la chose – enfant, je me souviens, je devais avoir dix ans, j'avais demandé à mon père de tailler la haie du jardin : je voulais voir à tout prix depuis ma fenêtre le clocher de Brangues, le patelin le plus proche du nôtre en allant vers l'est.

Figure-toi que Brangues est le vrai village du *Rouge*. Stendhal l'avoue à la fin de son livre : pour éviter de toucher à la vie privée, il a inventé Verrières. C'est à Brangues, qui n'est pas sur le Doubs mais sur le Rhône, et qui n'est pas en Franche-Comté mais en Dauphiné, au pied du Bugey, que s'est produit le fait divers qui a inspiré Henri Beyle. C'est à Brangues qu'Antoine Berthet – le modèle de Julien Sorel – séduisit Mme Michoud, la femme du maire, et Mlle de Cordon, la fille d'un notable, lesquelles deviendront sous la plume de Stendhal Mme de Rênal et Mathilde de La Mole. C'est à Brangues, sous le clocher de l'église, le dimanche 22 juillet 1827, à l'heure de la messe, qu'Antoine Berthet, armé de deux pistolets, tira sur Mme Michoud.

Nous allions souvent nous promener en famille, du côté de Brangues, et j'emportais toujours un crayon et un carnet. Je n'avais qu'un seul rêve : dessiner la silhouette de ce clocher qui semblait avoir pris la couleur des lointains ; reproduire fidèlement chaque détail – les meurtrières de la tour, les abat-sons d'ardoise, le cadran de l'horloge, mais surtout rendre la courbure si particulière de la coupole. Je n'y parvenais jamais, et je n'osais pas montrer le résultat de mes gribouillis. Les gens de passage dans le village se demandaient comment cette coupole avait atterri là, dans ce trou perdu, comment elle était venue coiffer ce clocher. Il y avait toutes sortes de clochers dans les environs, des romans et des gothiques, des clochers coniques et des clochers pyramidaux, des poivrières et des carottes renversées, des clochers de tuiles et des clochers d'ardoises, il y avait ceux que la montagne écrasait, ceux qui se hissaient sur une motte et prenaient des airs de donjon, ceux qui taillaient le bleu du ciel ou déchiraient le brouillard, mais aucun n'était aussi beau que le clocher de Brangues.

Je ne me lassais jamais de l'observer. Qu'est-ce qui me fascinait tant ? Sa forme étrange ? Sa couleur exotique ? Ce clocher valait à mes yeux infiniment plus que celui de notre village, qui ne se voyait même plus tant il était proche, dont je pouvais quasiment compter les tuiles, des tuiles bien rouges, d'une couleur qui agressait le bleu du ciel. En revanche, le clocher de Brangues, quand on avait la chance de l'apercevoir, jouant entre les troncs d'arbres, on n'était jamais sûr de le reconnaître ; ce petit pan d'indigo qui perçait à peine le brouillard, on se demandait si c'était un pan de la montagne, un pan du ciel ou un mirage – à cause de cette couleur de rêve qui se confondait avec les lointains et paraissait inaccessible. Le matin, le contraste était si fort entre le blanc de la pierre et le bleu de la coupole que celle-ci paraissait planer sur le village. Au crépuscule, on ne voyait plus le clocher, il s'éteignait, soufflé telle une bougie, ou alors il se fondait dans le bleu-mauve de la montagne, dans l'écran vaporeux de la brume, et il ne restait que la tour vertigineuse qui se dressait comme étêtée.

Mais ce qui me fascinait le plus, je crois, c'étaient les légendes que ma grand-mère me racontait l'hiver à propos de ce clocher. Je n'ai jamais très bien compris pourquoi ma grand-mère s'évertuait, dès mon plus jeune âge, à me raconter des légendes effrayantes – des histoires d'ogres et de sorcières, de diablotins et de loups-garous. Était-ce pour que je m'en souvienne et les raconte à mon tour ? Était-ce sa manière de dompter les démons qui la torturaient ? Cette tristesse de vivre dans un patelin de la province française, elle qui venait de l'Est – d'Autriche, d'Ukraine ou de Pologne, va savoir – et ne reverrait jamais son pays natal. Elle avait toujours rêvé de Paris mais elle avait échoué dans un *trou perdu*, comme elle disait, où elle n'avait jamais su s'acclimater et qu'elle maudissait à longueur de temps, surtout les jours d'orage, quand le ciel la faisait souffrir à cause de sa sciatique !

Avec le recul, je crois qu'elle inventait un peu en me racontant l'histoire de ce clocher. L'histoire se passe au XVIIe siècle. C'est l'époque où il faut reconstruire les églises ravagées par les guerres de religion. Suite à la guerre de Trente Ans, des barons aventureux qui servaient aussi de mercenaires dans toutes les troupes d'Europe rapportaient, avec une épouse aux hanches slaves ou aux largesses méridionales, des campaniles toscans, des bulbes d'oignons, des bizarreries baroques, des minarets turcs, des coupoles byzantines. Mais ici, disait ma grand-mère, de ce côté-ci du fleuve arraché au Saint-Empire et qui s'intégrait peu à peu au royaume de France, rien ne venait, aucune nouveauté.

À l'époque, le seigneur local, le baron Hubert Vidouble de Saint-Pesant, qui était aussi sire de Mortesel et de Montserieu, se piquait d'architecture. Il avait guerroyé pour le roi de Prusse, l'empereur d'Autriche et le tsar de toutes les Russies. Il était revenu de ses campagnes militaires fasciné par les bulbes russes inventés au Moyen Âge à Novgorod. Depuis que ses villageois de Brangues avaient perdu leur clocher dans un incendie, il rêvait pour eux d'une coupole ou d'un clocher qui laisserait glisser doucement la neige.

Or le baron Hubert Vidouble de Saint-Pesant ne s'était pas contenté de rapporter de l'Est des courbes de papier : il avait aussi ramené une jeune femme, une bergère ruthène, de vingt ans sa cadette, avec des courbes très réelles, des cheveux d'un blond rare et des yeux bleu-gris. Fou d'elle, il l'avait épousée contre l'avis de tous. Mais la jeune femme se morfondait, n'apprenait pas le français, vivait dans la nostalgie de son pays natal, disait ma grand-mère, et faisait preuve envers son mari et seigneur de *froideur*. Le baron finit par prendre une maîtresse, une baronne ou une vicomtesse, en tout cas une femme de petite noblesse, et mena une double vie.

Entre-temps, l'église, dont on avait élevé la nef dans un style des plus classiques, à la française, était restée inachevée. Au haut de la tour, un campanile en bois servait de clocher temporaire. Toutes les cloches acheminées sonnaient terriblement faux et le clocher projeté n'était qu'à l'état d'ébauche. Le baron, qui était superstitieux, finit par se confier à une voyante. C'était sa vie dissolue, sa vie partagée entre cette bergère ramenée du diable Vauvert et cette baronne aux mœurs légères qui était la cause de cet acharnement du sort ; l'œuvre entamée ne serait pas achevée tant qu'il aurait deux femmes, tant qu'il n'aurait pas retrouvé son âme.

Le baron résolut d'employer les grands moyens pour retrouver son âme perdue. Au village, on lui conseilla de renvoyer la bergère dans son pays, de l'empoisonner en douceur ou de la faire enlever. Qui s'en soucierait ? Lui décida au contraire de se débarrasser de la maîtresse. Il l'invita une nuit d'été à grimper au sommet de la tour vertigineuse. Il désirait lui montrer une comète.

Rendez-vous fut pris un jour de juillet à minuit. Personne ne sut ce qui s'ensuivit, disait ma grand-mère. On dit – on raconte ou on imagine, précisait ma grand-mère – que la femme qu'il vit arriver sous son châle demeura muette de béatitude tout le temps du passage de la comète. On dit aussi que les deux femmes, prévenues par un voisin de la voyante qui écoutait aux portes, s'étaient concertées. Que la jeune épouse avait obtenu de la maîtresse de se rendre à sa place et sous son châle au rendez-vous et d'y plaider sa cause. Qu'elle demanderait à retourner dans son pays natal dont elle avait la nostalgie. On dit encore que celle qui monta dans la tour avait pour but d'assassiner le mari volage et criminel. On dit plus simplement que la jeune femme, se sentant souillée, désira mourir cette nuit-là. On dit enfin que la comète passée, le baron fut pris d'effroi en voyant les boucles blondes dépasser du châle et la lune éclairer des yeux bleu-gris. On dit qu'il se jeta dans le vide le premier et que sa jeune épouse le suivit aussitôt.

Quelques jours après le double enterrement, on installa une cloche qui ne sonnait pas faux au haut de la tour, et on la fit couvrir d'un dôme *à l'impériale*, au toit d'ardoises, à la courbure singulière, conçu selon les plans du baron. Hubert Vidouble de Saint-Pesant, disait ma grand-mère en souriant malicieusement, avait donné au clocher la couleur des yeux tant aimés et fait graver dans l'ardoise le nom de la défunte. Mais le mystère, disait ma grand-mère, restait entier. Que s'était-il réellement passé du haut de la tour cette nuit de juillet 16** ? Qui des deux morts devait initialement mourir cette nuit-là ?

Toujours est-il que chaque soir, disait ma grand-mère, la coupole s'envolait vers l'est, traversait les Alpes et les Carpates, allait se poser sur le clocher d'un village ukrainien et ne revenait coiffer l'église de Brangues qu'au petit matin.

*

En voyant la coupole bleue voler dans le ciel rose, cette nuit d'insomnie, j'ai repensé à cette histoire de coupole volante que me racontait ma grand-mère.

Bien sûr, j'ai vu par la suite le filin d'acier que masquait la brume, j'ai vu l'hélicoptère surgir derrière un gratte-ciel. Puis j'ai compris, en revoyant mentalement l'église inachevée du rond-point, ses arches vides, sa tour de béton nu, qui m'intriguait chaque fois que je sortais du métro. Les églises poussent ici comme des champignons, m'a dit Vassia, c'est le grand retour de la religion. On coiffe et on recoiffe les clochers comme on les sabrait sous les bolcheviks. Sans compter qu'avec la visite imminente du métropolite, il faut faire bonne figure, alors on restaure à tour de bras, on s'empresse de finir les églises restées inachevées pendant des années à cause de la corruption. Mais le moment où on aurait cru que la coupole volait, si tu avais vu ça !

Laura, dis-moi, Laura, tu te souviens quand nous allions marcher du côté de Varangéville ? Tu te souviens quand nous passions sous le colombier du manoir d'Ango ? Tu te souviens comme tu te lovais contre mon épaule quand les pigeons s'envolaient dans un nuage de duvet ? Tu te souviens ce que tu m'as dit ce jour-là ? Que tu ne comprenais pas mon attirance pour toutes ces coupoles, que tu ne comprenais pas ce que j'allais chercher chaque année vers l'est. Toi qui t'es toujours dérobée à mes croquis, toi qui as toujours refusé que je te dessine, que je te croque à ta toilette, en train de te coiffer, de sortir de la baignoire, de démêler tes cheveux, toi qui grimaces sur les photos que je t'ai arrachées, d'un sourire las, d'un œil inquiet, toi sans cesse sur le qui-vive, je n'ai pas besoin de te dire, tu l'as deviné, quelles sont les vraies coupoles qui me manquent et que je voudrais voir voler.

Au pays des zêtres

Un jour, à l'insu de ses parents, un frère épousa sa sœur (sans savoir qu'elle était sa sœur). Quand tous deux connurent leur crime involontaire, ils en conçurent un tel chagrin que Dieu en eut pitié et les transforma en cette fleur (la pensée sauvage) qui a gardé le nom de bratky *(les « frères »).*

Légende ukrainienne

Bienvenue au pays des zêtres ! La phrase me fit sursauter sur ma couchette. De longs cheveux blonds m'effleuraient le front, caresse subite qui me tirait d'un rêve étrange et pénétrant. Penché au-dessus de moi, Kolia souriait. Le roulis du train le faisait dodeliner des épaules, l'air un brin crâneur dans son débardeur rayé, le goulot d'une bouteille de vodka vissé aux lèvres. Assise sur la couchette d'en face, une jambe repliée sous son séant, l'autre ballant dans le vide, Katia s'étirait aux premières lueurs du jour, grâce adolescente d'un charme impitoyable. Tout à coup, je me sentis vieux, voyeur, honteux de la reluquer, le regard de biais, de peur que

Kolia, d'une jalousie maladive, me prenne en flagrant délit – alors comme ça c'était pour elle que je les avais suivis, pas du tout pour célébrer leur mariage ni pour respirer l'air pur des Carpates !

Bienvenue au pays des zêtres ! La phrase était répétée par Kolia qui se levait, me tendait sa vodka à moitié vide. Il m'en faisait renifler le goulot – si si tu verras, ça te fera du bien, c'est très bon pour le mal de bide, rien de mieux qu'une bonne gorgée de vodka au réveil et celle-ci est parfumée à la violette, ça purifie le sang, la vodka à la violette ! Et, tandis que j'avalais en grimaçant une première gorgée de cette mauvaise vodka, Kolia répétait son tonitruant *Bienvenue au pays des zêtres !*

Je croyais qu'il entendait par le mot *être* que nous approchions un pays d'essence plus haute, une espèce de nombril du monde ou de paradis terrestre, car se trouvait là-bas sa terre natale, la terre de ses ancêtres, berceau de tous les Slaves et point culminant de la patrie. Et je m'attendais à nous voir débarquer dans un de ces arrière-pays où de vieilles pierres témoigneraient d'un glorieux passé, je nous voyais déjà rentrant les épaules, passant sous des porches millénaires et visitant des églises où des nuées de fidèles baiseraient des icônes dorées. J'imaginais une Suisse orientale, orthodoxe, où des bergers se héleraient par monts et par vaux en soufflant dans leurs trompes et leurs olifants géants. Je rêvais falaises blanches, air pur, ciel bleu. Je me trompais.

En faisant coulisser la portière du compartiment, j'aperçus à travers les vitres embuées, sous un ciel chargé d'orage, un paysage d'un autre âge. Prés en pente des alpages. Vallons verdoyants. Air printanier gorgé de sève et de rosée. On était au début du mois de juin mais on se serait cru encore en mars ou en avril. Les ailes d'un moulin à vent émergeaient péniblement de la grisaille du ciel et de la verdure des collines, puis un troupeau de maisonnettes basses défilait derrière une église – clocher tout en bois, vrillé, de guingois. Le *pays des zêtres* était un pays miniature, un pays de maquette, un vrai jeu d'allumettes qui pouvait finir en cendres au moindre incendie.

Kolia revenait des toilettes d'une démarche que les hoquets du train et les gorgées de vodka rendaient chaloupée. Il s'approchait de moi, me murmurait à l'oreille une énième fois : *Bienvenue au pays des zêtres !* Et voici qu'il m'expliquait que Bukovine venait du mot *buk*, oui *buk* comme un bouc, en ukrainien, en russe et dans toutes les langues slaves, le hêtre. Et, poursuivait-il, tu verras c'est magnifique, il n'y a que des *hêtres*, c'est le seul arbre qui pousse ici, c'est la raison pour laquelle on appelle ce pays la *Bukovina*, le pays des hêtres.

Je réalisais mon erreur. Sa liaison fautive m'avait égaré sur une fausse piste. Comment n'y avais-je pas pensé plus tôt ? Et je voyais à travers les vitres qu'il disait vrai : les troncs gris sous le ciel gris, tachetés de lichen, étaient bien des troncs de hêtres, on ne voyait plus les beaux yeux noirs des bouleaux, ni les grosses trognes brunes des frênes ou des aulnes. Nous arrivions tout droit de la steppe, où l'herbe est toujours la même, nous avions traversé des plaines, des plateaux, des collines où seuls poussent les bouleaux, rien d'autre que les bouleaux, et il faudrait s'accoutumer à ne voir que des hêtres !

Et le mot *hêtre* me hantait, je me demandais d'où venait ce mot, puisque je savais désormais que les Russes et les Ukrainiens disaient *buk*, les Anglais *beech* et les Allemands *Buche*, comme *Buch*, le livre, mais avec un *e* à la fin, m'apprenait Kolia, qui, à force de potasser des manuels de botanique, connaissait les différents noms des principales espèces européennes. Lorsque nous allions nous promener dans le Jura, ma tante appelait dans son patois ces arbres-là des *fous*, des *faux*, des *fayes* ou des *fayards*, passé mille mètres d'altitude les seuls feuillus, les seuls arbres aux feuilles caduques qui disputaient aux conifères leur royaume abrupt et désolé ; les seuls dont l'écorce tenait tête à la neige, au grésil, au vent du nord ; les seuls dont les racines s'agrippaient aux pentes les plus escarpées.

Pas moyen de me souvenir du nom de la bourgade où nous sommes descendus. C'était le terminus. La dernière gare avant le poste-frontière. Sous le ciel anthracite, tout alentour baignait dans une atmosphère de bourbier provincial et morne. J'avais traversé bien des coins reculés d'Ukraine et de Russie, des campagnes qui accusaient cent ans de retard et je croyais qu'en me rapprochant de l'ouest, j'allais vers le progrès. En réalité c'était tout le contraire, je me retrouvais désorienté, dans un monde à l'envers, près d'un siècle en arrière.

Ni bus, ni taxi. L'autostop était la seule solution pour gagner le village natal de Kolia. Marcher en file indienne, sur une piste de terre qui s'élançait à travers le moutonnement infini des collines. Au bout d'une demi-heure de marche, on entendit un grondement sourd, suivi d'une clameur bizarre. Dans un nuage de poussière s'avançait un camion militaire dont la cargaison balançait de gauche à droite.

C'étaient des hommes, des femmes et des enfants. Kolia leva le pouce. Le chauffeur nous fit signe de grimper à l'arrière. Les villageois transbahutés dans cette benne et s'agrippant aux ridelles s'en allaient à la cueillette des baies et des champignons. Des paniers, des seaux, des cabas bringuebalant à leurs pieds, ils bavardaient, frappaient des mains, sautillaient. Ils avaient la gaieté délurée des vendangeurs – une gaieté que fortifiaient quelques rasades de gnôle. Un petit groupe de femmes entonnait en chœur des chansons folkloriques. Cithare à la main, fifre ou cornemuse aux lèvres, des hommes les accompagnaient en se trémoussant diablement dans ce tintouin. Tous parlaient un étrange dialecte ukrainien, le dialecte houtzoul ; je croyais discerner des mots polonais, deviner des mots hongrois ou roumains ; certains sons gutturaux semblaient venir tout droit du turc ou du mongol. J'avais l'impression de prendre place parmi de pauvres hères ressuscités du Moyen Âge avec leur langage, leurs mœurs, leurs coutumes et dans des guenilles où se devinaient, blasons délavés de notre époque mondialisée, les noms et les griffes de marques américaines.

Le camion nous déposa à un carrefour, à l'entrée du hameau, avant de disparaître sous les versants mauves des montagnes en tanguant tel un vieux rafiot qu'avaleraient les vagues. Mes maux de ventre n'avaient fait qu'empirer sous les cahots, j'avais l'estomac retourné, je sentais des brûlures remonter tout le long de mes tripes, et je me retenais de toutes mes forces pour ne pas gâcher la gaieté ambiante. À l'entrée du hameau, sous l'auvent d'une isba, deux toisons écartelées, clouées dans le bois, nous rappelaient que les Carpates n'étaient pas peuplées uniquement de hêtres.

– Bienvenue à Medvedov, le hameau des ours, fit Kolia, en désignant les toisons.

– Ce sont de vraies toisons d'ours ?

Je m'approchai de l'auvent, passai ma main dans le crin de la bête. La toison sentait encore le fauve. Je n'avais jamais vu d'ours de ma vie, sinon dans un zoo.

– Il y a encore des ours dans la région ?

– De plus en plus, mon pote ! Rien que dans les Carpates, on en compte désormais sept mille.

– Et tu en as déjà croisé, des ours ?

– Non, les ours se méfient de nous. Mais au village, on raconte que quand ma mère était enceinte, elle a été chargée par un ours. Elle lui a échappé en grimpant dans un arbre et elle a eu si peur qu'elle a failli faire une fausse couche.

Sur un ton enjoué, Kolia nous rappela les précautions d'usage, au cas où : ne pas broncher, éviter les gestes brusques, garder son calme, poursuivre son chemin comme si de rien n'était ; il y avait peu de chances pour que la bête charge. Tandis que Kolia parlait ainsi et que nous marchions côte à côte sur le chemin, Katia s'écartait de nous, glanait dans le fossé des fleurs dont elle ornait sa chevelure tressée. Je voyais à travers les troncs des hêtres surgir d'étranges silhouettes trapues – leurs ombres bleues se découpaient sur les flancs d'un coteau ensoleillé, j'avais l'impression qu'elles se déplaçaient, se massaient autour de nous, qu'elles nous guettaient, nous assaillaient, je pensais bien sûr aux ours, et puis je me rassérénais : c'étaient des meules de foin, des meules à râtelier, comme on en voit partout dans les Carpates.

À l'approche de la ferme familiale, la mère de Kolia vint à notre rencontre. C'était une petite femme usée par la vie et rongée par la perte de son premier mari. Avant même de franchir le seuil de la ferme, on entendit des rires et des murmures qui s'élevaient parmi les vapeurs d'alcool. Nous étions arrivés en pleine réunion villageoise. C'était le grand jour de la distillation. Un alambic était dressé au milieu de la salle à manger ; tout le monde était penché au-dessus d'une baignoire qui se remplissait petit à petit du précieux liquide jaunâtre : la *slivovitsa*, l'eau-de-vie de prune.

La présence inattendue d'un étranger semblait incommoder tout le monde. Il y avait là, si je me souviens bien, outre la maîtresse de maison, quatre hommes d'âge mûr et une vieille dame. La vieille dame – sorte de spectre alité, le visage couvert de cheveux blancs, le corps vêtu d'une blouse à fleurs et d'un plaid kaki – était la grand-mère maternelle de Kolia, qui ne parlait plus, ne bougeait plus, ne souriait plus, se contentait d'avaler les cuillerées de soupe qui voulaient bien approcher de son menton craquelé de rides. Du nouveau mari de la maîtresse de maison, le beau-père de Kolia, qui se tenait là, figure comme absente, entre deux voisins, je ne revois que l'air bourru, le visage épaté et l'embonpoint. J'entends encore les rires des hommes. Ils énuméraient des plaisanteries salaces censées nous détendre, et qui tournaient toutes autour de la présence insolite de cette baignoire dans une salle à manger. Je ne saisissais pas le moindre mot.

Embarrassé, Kolia me traduisait et sans aucun doute, édulcorait :

– On démonte la baignoire après la toilette de la mémé, histoire de la nettoyer, parce que la mémé n'a plus la force d'aller aux chiottes et pisse dans son bain ! La *slivovitsa*, ça nettoie la baignoire, ça nettoie le ventre, ça nettoie l'esprit et c'est très bon pour la santé, la prune, ça purifie le sang.

Et, pendant qu'il traduisait, tous les hommes riaient à gorge déployée.

L'un d'entre eux plongea son verre dans la baignoire emplie du liquide jaunâtre, me le tendit et m'intima de boire cul sec. J'approchai le verre de mes lèvres, le liquide était encore tiède, je sentis le parfum fruité m'emplir les narines, sentis l'alcool s'insinuer dans mes veines, basculai la tête en arrière sous les regards d'ivrognes, sous la face injectée de sang de la vieille momie qui ne me lâchait plus des yeux, mâchonnant de plus belle comme si elle méditait un sort au cas où je refusais l'offre. J'avalai mon verre cul sec en retenant ma respiration, toussai un bon coup comme si je venais de boire la tasse. Je n'étais pas près d'oublier le goût de cette eau-de-vie. De l'alcool presque pur qui n'avait pas volé son surnom de *quatre-vingt-dix degrés*.

Passé ce rite initiatique, la mère de Kolia nous fit visiter le patelin au pas de charge. Katia refusa de nous accompagner et resta à l'étage – le voyage l'avait fatiguée, elle n'avait pas fermé l'œil de la nuit, et tout laissait penser qu'elle n'était pas très enchantée d'avoir échoué dans ce coin perdu. Malgré sa petite taille et sa silhouette voûtée, la mère marchait vite et parlait plus vite encore dans le dialecte local. Elle nous désigna les principaux lieux avec fierté, comme si je n'avais jamais mis les pieds à la campagne, comme si tout cela n'existait plus ailleurs, comme si son patelin était le dernier au monde.

Dans la contrée, tout ou presque était fait en bois de hêtre : les murs des isbas, les charpentes, les tuiles, les chaises, les tables, les armoires et les buffets, les étables, les granges, les porcheries, les fenils, les manches des outils, les roues des charrettes, les jougs et les bâts, les sommiers et les sabots, les pontons jetés en travers du torrent, les crucifix qui jalonnaient le moindre embranchement, les poteaux téléphoniques, les clapiers et les poulaillers, les cabanons qui faisaient office de lieux d'aisance. À défaut de bruyère, même les pipes étaient taillées dans ce bois de hêtre.

Tout ce qui n'était pas taillé dans du bois de hêtre était fait en terre cuite, en terre battue, en torchis – de la paille hachée, pétrie de terre et de bouse de vache. Le sol des fermes était en terre battue. Le gros poêle qui servait de four et de cheminée, en torchis. La poterie en terre cuite mais la soupe se servait dans des bols en bois de hêtre, avec une louche en bois de hêtre.

Une légende païenne disait qu'au temps jadis, il y avait dans la contrée des pierres, de belles falaises de calcaire, et toutes sortes d'arbres, des frênes, des chênes, des aulnes, des ormes, des saules, des tilleuls, des érables et même des pins et des sapins, mais un prince local avait trahi la mémoire de ses ancêtres en épousant une princesse venue d'ailleurs, la nièce du Grand Khan de Tartarie. Perkun, le dieu de la foudre, s'était alors mis en colère, avait déchaîné des pluies diluviennes, fracassé les falaises, enfoui les moindres galets, et foudroyé tous les arbres, n'épargnant que les hêtres.

Tandis que la mère nous racontait cette légende qu'elle tenait de ses ancêtres houtzouls et nous vantait la qualité du hêtre local, le meilleur bois de hêtre, plus souple que le chêne, plus résistant que le sapin, plus imputrescible que le châtaignier, nous arrivions à la sortie du hameau, au bout de la piste, qui s'enfonçait entre les montagnes. Passé un gué, elle nous montra le plus vieux hêtre de la contrée, un gros hêtre multiséculaire, dit-elle, un hêtre sacré. Un monstre, en effet : cinq hommes se donnant la main n'auraient pas suffi à le ceinturer ; ses feuilles étaient géantes ; ses frondaisons tout enguirlandées de gui s'élevaient très haut sous la crête de la montagne.

– C'est à cette branche, dit-elle en la tâtant de la paume et en soupesant un énorme croc de boucher, qu'on suspend les bêtes capturées – les ours, les loups, les sangliers, les… C'est ici qu'on les dépèce. Et puis on grave dans l'écorce la date de la battue.

Sur le tronc du vieux hêtre des dates s'entrelaçaient, se mélangeaient, composant des matricules énigmatiques : 191621, 194156, 199104.

– Vous avez vu les toisons suspendues, là-bas, à l'entrée du village ?

Kolia lui fit signe que oui.

On entendit alors s'élever dans l'air une rumeur diffuse. Je levai les yeux au ciel, croyant voir passer un avion. La vieille dame eut l'air amusée.

– Vous allez voir, dit-elle, c'est la merveille de la contrée !

À mesure que nous marchions vers la montagne, la rumeur ou plutôt le vacarme semblait avancer, se rapprocher, se dresser droit devant nous, nous cerner de toutes parts. Il faisait plus sombre, le fracas se faisait plus fort, on voyait s'agiter les feuilles des hêtres comme sous le souffle du vent et soudain j'aperçus, là-bas, entre les branches, des frisottis d'écume : c'était une cascade. Le chemin s'arrêtait là.

– Impossible d'aller plus loin vers l'ouest, cria la vieille dame pour se faire entendre dans le brouhaha de la cascade.

– Si, corrigea Kolia, c'est possible mais il faut contourner la cascade, et on rejoint un chemin, tu vois, là-haut.

Je levai la tête. Un chemin très pentu serpentait entre les hêtres.

– Et tout là-bas, derrière, il y a un col, auquel on accède à pied seulement. On y grimpera, promis, tous les trois, avec Katia, cria Kolia.

La coutume locale voulait que la semaine qui précède le mariage, les futurs époux prennent le chemin du col et en reviennent en criant qu'ils avaient vu *la pensée sauvage*.

– Et qu'est-ce qu'il y a de l'autre côté du col ? demandai-je.

– Comment ça, vous n'êtes pas au courant ? Kolia ne vous a pas dit ? Vous ne savez pas que de l'autre côté, là-bas, c'est la frontière ?

La frontière : *hranitsia hranitsia hranitsia*. Crié par la mère de Kolia, repris en écho par la vallée, le mot *hranitsia* parut craché par la cascade et gronder dans le ciel chargé d'orage. Je ne la savais pas si proche, la frontière. Je venais de comprendre ce qui m'avait attiré dans cette contrée. Pourquoi j'avais accepté de suivre Kolia et Katia, de me rendre à leur mariage. Les marches, les frontières, les confins me fascinent. La frontière franco-suisse est facile à franchir, mais elle est ancrée depuis longtemps dans les mémoires – d'être né, d'avoir grandi à proximité de cette ligne arbitraire explique sans doute mon inquiétant tropisme. Mais de quelle frontière s'agissait-il ici ? Quelle langue était parlée là-bas ? Quel était le pays qui s'étendait de l'autre côté du col ? Pologne ou Slovaquie ? Hongrie ou Roumanie ? Peu importe, aujourd'hui, c'était l'Europe. Ou disons plutôt l'Union européenne.

La pluie menaçait, il était temps de rentrer. En retournant vers la ferme, je m'aperçus que les villageois, sortis pour rentrer les bêtes, s'arrêtaient interloqués sur notre passage, nous dévisageaient, nous suivaient de l'œil. Tous les hommes étaient vêtus comme les soldats d'une armée mystérieuse : bottes ou brodequins, culottes de cheval, vareuses vert-de-gris, chemises kaki, gilets à épaulettes – les plus jeunes arboraient des képis militaires dont ils avaient décousu les insignes ; les plus vieux des bérets noirs. Sous les ceinturons de cuir dépassaient des cartouches ou la crosse d'un pistolet. D'où venaient ces tenues militaires ? À quelle armée avaient appartenu ces flingues ?

Tant de troupes s'étaient succédé dans ces confins de Galicie, de Bukovine et de Ruthénie subcarpatiques qu'il eût été difficile de retracer l'histoire de chaque fusil, de chaque képi. Et je me souvenais que Kolia aimait raconter à propos de son arrière-grand-mère cette anecdote :

c'est l'histoire d'une femme qui a voyagé dans sept pays d'Europe sans jamais quitter son village ; elle n'en avait pas besoin, les pays voyageaient pour elle ! Née à Medvedov au début du XXe siècle, elle avait été tour à tour autrichienne, polonaise, russe, hongroise, roumaine, tchécoslovaque et soviétique, avant de mourir en Ukraine à l'aube du XXIe siècle.

De retour à la ferme, on nous fit faire, au pas de course, le tour de la propriété. Comme on était au courant de mes coliques, on commença par me désigner en souriant les lieux d'aisance, un cabanon délabré au fond du jardin. Puis on nous montra la porcherie, le poulailler, le clapier, le potager, on nous fit signe de retirer nos souliers crottés et nous grimpâmes à l'étage par un escalier dérobé. Comme la famille recevait de vieilles connaissances, comme la chambre d'amis était occupée, nous partagerions la même chambre. Dans la chambre, Katia nous attendait. Elle venait tout juste de s'éveiller. Les cheveux ébouriffés, elle rajusta la bretelle de son soutien-gorge en me voyant entrer :

– Vous êtes allés où ?

– À la cascade.

Une question me brûlait les lèvres.

– Au fait, les amis, vous savez pourquoi tout le monde nous regarde bizarrement ?

– Oh, c'est à cause de toi, fit Katia, ça se voit bien, que tu n'es pas du pays.

– Si ça se trouve, ils te prennent pour un Syrien, ajouta Kolia en souriant, tu sais, on dit qu'il y a de plus en plus de Syriens qui tentent de franchir la frontière et de gagner la zone Schengen.

– Vous croyez vraiment que les Syriens s'aventurent à travers la mer Noire et l'Ukraine ? Je pensais qu'ils passaient plus au sud, via la Grèce et la Bulgarie. Non, ce n'est pas ça, les amis. J'ai l'impression que je leur rappelle quelqu'un d'autre. Ils cherchent quelqu'un de précis, j'en suis certain.

Il fallut attendre le soir pour avoir confirmation de mes soupçons. La scène se passe dans la salle à manger, devant la télé. C'est l'heure du JT. Soudain, tous les hommes se lèvent d'un seul bloc, comme aimantés par l'écran, à la vue des paysages bien connus de leurs montagnes. Posent leur verre de gnôle sur le rebord du poêle. Discutent vivement puis s'engueulent, couvrant la voix du présentateur. C'est arrivé dans une vallée des environs.

Un cadavre. La police a retrouvé un cadavre. Un cadavre, enfin pas tout à fait : *on n'a pas retrouvé le tronc*, ne cessent de répéter les journalistes et les policiers interrogés. Seuls les membres et la tête de la jeune femme de vingt ans, vidés de leur sang, empaquetés dans du papier journal et un sac-poubelle, ficelés de fil de pêche, se seraient échoués loin en aval, sur les rives du Prout. Il y avait toute une série de détails macabres, que ressassaient les journalistes en mal d'images et de sensations fortes. Et cette phrase qui revenait comme une litanie, à faire frémir tout le monde, et que chacun répétait dans l'espoir d'en atténuer la portée, ou pour jouir du frisson qu'elle distillait dans sa moelle épinière, comme un verre brûlant de quatre-vingt-dix degrés avalé au réveil : *on n'a pas retrouvé le tronc*.

Une heure plus tard, tous les hommes du patelin étaient déjà sortis sur le seuil de leur ferme, harnachés tels des soldats, carabine au poing. Des cadavres retrouvés dans la forêt, la chose arrivait, avec tous ces ours qui rôdaient dans les environs. Mais du papier journal, des sacs plastique et du fil de pêche : ça n'était pas du travail d'ours. Un seul mammifère était capable de faire ça. Autrefois, on aurait incriminé Dracula. Mais là, les coupables étaient tout trouvés : il y avait des vagabonds, des clandestins, des réfugiés, des Syriens, des Irakiens, des hommes qui passaient la frontière ; nul ne les avait vus mais on savait que Slavko, un berger vivant en ermite à l'écart du hameau avec sa vieille mère et ses chèvres, un homme à l'allure bizarre, aux gestes empruntés, qui traversait le village en coup de vent sans saluer personne – oui, on savait que Slavko était un passeur d'hommes, et s'il pouvait se payer des bottes flambant neuves, une carabine flambant neuve, c'était grâce à du fric venu d'ailleurs.

On n'a pas retrouvé le tronc, on n'a pas retrouvé le tronc : la phrase me hanta toute la soirée. Impossible de la chasser de mon esprit. Me revenaient des histoires que me racontait ma tante, de jeunes filles qui étaient allées prendre l'air comme on dit, mais que l'air avait fauchées. Le haut Jura valait bien la haute mer, disait ma tante. Échines de cachalots, nageoires caudales, dents de requin, moraines taillées comme des molaires, amoncellement de vagues bleues, blocs de falaises hachés de failles, névés jusqu'en juin, froids mordants, vents furieux, sentes étroites, passes périlleuses. Oui, le haut Jura valait bien la haute mer, répétait ma tante, et la montagne ne rendait pas toujours le corps de ceux qui lui rendaient visite. Sans compter tous les gens qui vivaient dans la forêt comme du temps des maquisards mais qui n'étaient aujourd'hui que des truands, des vauriens, des salopards. Et elle me racontait l'histoire du père Fayard, qui vivait perché dans les arbres et qu'on avait arrêté, inculpé, guillotiné pour avoir découpé sept jeunes filles dont on avait retrouvé les os sucés par les pluies et les bêtes dans un immense nid de gui, tout en haut d'un hêtre. Ma tante aimait aussi me raconter les battues du bon vieux temps. Quand tout le village partait à la chasse aux loups, qui faisaient des ravages dans les troupeaux.

Une chasse à l'homme fut organisée le lendemain. La météo était du côté des chasseurs : après deux jours de pluies torrentielles, on annonçait du beau temps, un grand ciel bleu sur toute l'Ukraine. Kolia, Katia et moi, nous aussi, nous voulions profiter du ciel bleu pour grimper jusqu'au col, gagner la frontière et voir la fameuse *pensée sauvage*. Dès les premières lueurs de l'aube, je réveillai les deux adolescents. Il nous fallait filer en douce car la mère de Kolia nous avait prévenus : pas question de s'aventurer dans la forêt le jour de la battue ! Nous risquions de prendre une balle perdue ! Nous avions fait nos bagages, discrètement, dans la nuit.

De notre échappée belle ne me reviennent que des fragments – flashs un peu floutés d'un film qui se jouait à mon corps défendant. Je revois le miroitement bleuté de l'aube. La rosée dans les prés. Les pommiers en fleur. Je nous revois tous les trois gambadant à travers champs, nos sacs à dos bringuebalant sur nos épaules. Sans soutien-gorge, les petits seins de Katia pointaient sous le tissu blanc, quasi transparent, et ses épaules nues jaillissaient entre les bretelles du débardeur et les lanières du sac à dos. Les premiers rayons du soleil éclairaient ses épaules anguleuses, des épaules de gosse, et je notai que les deux ados étaient plus ou moins de même carrure. Ils avaient la même sveltesse, la même cambrure. Pour la première fois, je m'apercevais à quel point ils se ressemblaient : avec leurs cheveux pareillement blonds et longs, on aurait dit un frère et sa sœur.

En repensant à ce jour-là, je les entends encore haleter entre les hêtres, j'entends les herbes hautes fouetter leurs flancs, les fougères flageller leurs jarrets. *Bienvenue au pays des zêtres ! Bienvenue au pays des zêtres !* Répercutée par les troncs qui se dressaient tout autour de nous, la phrase fétiche de Kolia scandait nos premiers pas dans la forêt. Puis les deux ados entonnaient en chœur un air populaire. Le premier vers était *j'ai grandi au pays des hêtres* – j'ai oublié la suite mais je me souviens qu'il était question d'une forêt dont on ne revient vivant qu'à condition d'éviter les haltes et de marcher jusqu'au bout. Je revois les formes si particulières des troncs tortillards, aux branches fourchues, aux rameaux tourmentés : chaque hêtre paraissait imiter la silhouette d'un animal, voire d'un être humain : il y avait des hêtres zèbres, des hêtres éléphants, des hêtres rhinocéros, des hêtres échevelés comme des sorcières ou voûtés comme des vieillards dont les branches semblaient implorer le ciel. Et l'on aurait dit que tous ces hêtres reprenaient en écho la chanson des ados.

En repensant à ce jour-là, je ressens encore leur hâte de parvenir au col, à la frontière, et de voir la *pensée sauvage*. Je sens encore l'odeur d'humus qui nous environnait – l'odeur d'humus des sous-bois m'a toujours rappelé une odeur intime, une odeur musquée de sueur et de menstrues, de sperme et de cyprine. Je revois la main de Katia retrousser son jean à mi-cuisses pour franchir le gué du torrent. Je revois Kolia s'agenouiller au pied d'un tronc, sortir son canif, fouiller les feuilles mortes, cueillir des myrtilles et des trompettes de la mort. Je le revois s'accroupir au bord du torrent, nous désigner un hérisson, un escargot, une salamandre. Je le revois arracher une limace à sa touffe d'herbe, un lombric à sa motte de terre, et s'élancer derrière Katia, la limace ou le lombric se tortillant au bout de ses doigts, lui glisser la bestiole dans la nuque – ça fait du bien, c'est comme les sangsues, ça purifie le sang, et puis c'est délicieux, disait-il en basculant la tête en arrière, ouvrant la bouche et faisant mine d'avaler le lombric.

Kolia avait des dons de prestidigitateur et rien ne l'écœurait, c'était un enfant du plein air, il était le digne héritier des frères des forêts qui hantaient les montagnes à la fin de la guerre et luttaient sur tous les fronts, un vrai Tarzan des Carpates qui se suspendait aux branches des hêtres, escaladait leurs troncs, jouait au cheval-d'arçons, faisait le funambule, se lâchait dans les airs en criant, hurlait comme un fou, hélait Katia, hélait les arbres, hélait les ours, hélait la montagne, hélait son propre écho, bondissait de nouveau, retombait dans les ronces et les fougères, revenait en haletant de plus belle, disparaissait dans l'ombre, reparaissait dans un rayon de soleil. Se servant de ses doigts comme d'un appeau, il imitait le pépiement des oiseaux, savait la différence entre la mésange et le rouge-gorge, le rossignol et le geai.

Je me tenais quelques pas en arrière et les laissais courir loin devant, les regardais grimper dans le clair-obscur des sous-bois, les voyais graver leurs noms entrelacés au flanc des jeunes hêtres, graver leurs initiales – K&K – entourées d'un cœur dans l'écorce éclaboussée de soleil.

Bientôt je les perds de vue, comme si la forêt les avait effacés. Je hèle leurs noms à tour de rôle : Ohé Kolia ! Ohé Katia ! Pas de réponse, sinon l'écho de ma voix : Ohé Kolia ! Ohé Katia ! Je me retrouve seul parmi tous ces hêtres monstrueusement vivants qui mugissent dans le vent et paraissent même dévaler la pente à pas de géants. C'est alors que j'entends des cris, des sifflets, des cors de chasse, des aboiements, des coups de feu. Puis je vois des silhouettes qui tournoient à flanc de coteau et s'avancent dans le paysage hachuré d'ombre et de lumière. Pris de panique, je fais demi-tour et m'élance entre les troncs d'arbres quand soudain je trébuche contre une racine et m'étale de tout mon long. En me relevant, la bouche et les mains pleines d'humus, j'ai la plus effroyable des visions.

Devant moi, l'un des troncs de hêtres est d'une couleur plus pâle que les autres, marbré de veines bleuâtres, comme s'il avait été écorché sur toute sa longueur ; les branches échevelées qui jaillissent de-ci de-là paraissent comme bouturées sur des moignons roses et le tronc scarifié sur tous ses flancs est muni de deux boursouflures un peu molles. Je m'approche. Je suis sur le point de plonger mon index dans la chair de ce hêtre quand je recule, saisi d'horreur : ce que j'ai pris pour un tronc, c'est en fait le corps androgyne d'un adolescent, dont s'exhale une odeur de cadavre. Sur son nombril se déploient les cinq pétales jaunes et bleus d'une *pensée sauvage*.

Tabula rasa

> – *Où sont les cygnes ?*
> – *Les cygnes sont partis.*
> – *Et les corbeaux ?*
> – *Les corbeaux sont restés.*
>
> Marina Tsvetaieva

Cela faisait plus de vingt ans que je n'étais pas revenu au pays. Je louais en guise d'atelier une vieille datcha en bois. Ses propriétaires étaient partis très tôt le jour de mon arrivée, ça faisait plus d'un mois que j'errais dans le jardin, sur la terrasse, à travers champs, avec en tête des envies de voyage qui ne me menaient jamais très loin. L'été finissait mais c'était encore la canicule. Mettons que c'était quelque part à l'est de l'Ukraine, non loin de la frontière russe. Le lieu précis n'a pas d'importance, ce qui s'est passé là-bas aurait pu m'arriver n'importe où, il suffit de dire que c'était à l'écart des grandes routes et des voies ferrées, dans un coin perdu, un bout de province court-circuité, un angle mort du continent.

Boris, un ami d'enfance, m'avait loué cette datcha qu'il avait achetée et retapée pour une bouchée de pain dans les années 90. Il y vivait une partie de l'année avec sa femme et leurs enfants. La datcha se trouvait à quelques minutes de marche de l'immeuble où j'avais grandi moi-même, une barre hideuse comme on en construisait en pleine campagne dans les années 70. Crise économique oblige, la municipalité, au lieu de la raser, la faisait repeindre en jaune et bleu – couleurs de l'Ukraine indépendante. En passant sous le balcon délabré de mon enfance, en voyant les peintres en salopette, casqués, bardés de baudriers, d'hameçons et de cordes, suspendus dans le vide avec leur attirail d'alpinistes, plongeant leur rouleau dans un grand seau, bariolant toute cette tristesse bétonnée d'un jaune et d'un bleu criards, j'étais tenté chaque fois de leur dire que j'avais vécu ici, grandi ici. Que depuis ce balcon qu'ils repeignaient à la va-vite j'avais dessiné la steppe des yeux, compté les voitures qui passaient sur la route, admiré les bouleaux, contemplé les iris. Que, sur ce balcon, pour la première fois de ma vie, j'avais pris une feuille de papier et l'avais couverte de couleurs, enivré par le soufre et le lilas des iris, les traces lactées des bouleaux, gribouillant de toutes mes forces, grâce à des pastels que m'avait offerts l'oncle Ivan.

Mais ces souvenirs, on me les avait racontés, j'avais beau me dire que j'avais passé ici les neuf premières années de ma vie, dans ce pays qui n'existait pas encore ou qui n'existait déjà plus, peu d'images réelles, peu de scènes vécues me revenaient en mémoire. Je savais que dans les alentours de cette datcha, sur ce terrain vague en bordure de la rivière, j'avais joué au foot ; ma mère m'avait raconté que j'allais patiner l'hiver sur l'étang dont on devinait de petits pans argentés là-bas, entre les troncs des bouleaux, mais alors que très peu de choses avaient changé en l'espace de vingt ans, que seuls les arbres avaient grandi, je ne reconnaissais rien. L'impression d'être en pays étranger. Où je n'avais jamais vécu. Je constatais – vu qu'on repeignait le décor de mon enfance sous mon nez – que les couleurs étaient revenues, je voyais que des publicités étaient apparues sur les murs des fermes, que la langue anglaise perçait un peu partout, signe que l'URSS avait bel et bien disparu.

Je pouvais imaginer que la lézarde fendant le mur de l'épicerie s'était agrandie ou qu'on avait colmaté celles qui menaçaient la boulangerie d'écroulement. J'ignorais si le morne intérieur où j'avais fait mes premiers pas existait encore tel quel, avec le lino gondolé et le papier peint à fleurs qui se devinait sur les photos de l'album feuilleté la veille de mon départ. Ma grand-mère était morte, l'appartement revendu et je savais que le courage me manquerait de sonner là-bas à l'interphone et de m'immiscer dans la vie d'un autre, qui se demanderait pourquoi ce besoin de revenir sur ses premiers pas.

Dans cette datcha où j'étais venu passer l'été, bien des choses auraient pu me rappeler cette enfance soviétique dont je n'avais pas de souvenirs : le vieux poêle en faïence, les tapis turcs, le compotier, le chandelier, le service à thé, le samovar, les échiquiers, les poupées russes, les petits paysages de sel gemme et de pépites d'ambre que les enfants confectionnaient pour la fête des Mères, les œufs de Pâques bariolés par les mêmes enfants. Partout, dans les couloirs, sur la console, le buffet, le piano, des photos rappelaient ces enfants partis – trois garçons et trois filles, une vraie chorale disait

Boris, la moitié d'une équipe de foot disait sa femme, et je n'avais connu vaguement que les deux aînés, Boris me les avait présentés quelques jours après leur naissance, il était venu me voir en Suède où nous avions émigré avec ma mère, et tous ces gamins posaient en chemisettes et culottes courtes, jouant à la balançoire, grimpant sur un tronc d'arbre, se tenant par les épaules, riant, souriant, mordant le papier glacé à belles dents. Des enfants blonds, les yeux très bleus. Des enfants comme Lena aurait pu m'en donner, des enfants dont la blondeur rédimerait toute la noirceur de mon tempérament, des enfants comme je n'en aurais peut-être jamais : j'avais déclaré à Lena ne pas vouloir de môme, je n'étais pas prêt, non, il faudrait attendre, enterrer d'abord mon enfance soviétique, l'enterrer par et dans la peinture, édifier ce petit tombeau d'aquarelle et de pierre noire à la gloire des années mortes.

Si je songeais aux gosses que nous aurions pu voir grandir, je pensais à la joie de se réveiller le matin, les enfants sont tous nos matins perdus, je rêvais à toutes les aubes vues à travers les yeux d'un fils imaginaire, d'une fillette à tresse improbable qui revenait dans mes rêves récurrents, qui naissait blonde et blafarde de mes insomnies, de mes luttes désespérées pour faire advenir la nuit. Et cette fillette avait le sourire fragile et les pommettes perchées de Lena, avait déjà ses gestes, ses manières, cette façon de porter sur le monde un regard farouche, ses mines de biche apeurée. Mais pourquoi, bon sang, lui avoir dit que je n'avais pas besoin de mioche, qu'elle était mon enfant, ma sœur, mon soleil, qu'un mioche entre nous ne ferait que tout compliquer ? Et pourtant je savais qu'un enfant, s'il n'était pas la solution miracle, serait le miracle tout court, la guérison peut-être, les retrouvailles, une vie nouvelle. Un temps nous avions même pensé adopter un garçon, partir en Ukraine ou en Russie où les orphelinats étaient bondés, revenir avec un blondinet qui aurait eu pour diminutif Vania ou Sacha, un bambin tout droit surgi d'un roman russe, et voilà que j'avais dit non, russe ou ukrainien, blond ou brun, je n'avais pas envie d'engendrer dans un monde promis à la guerre ou à la destruction nucléaire de la chair à canon ou à neutron.

*

Depuis mon arrivée, j'étais rattrapé par la peste de l'insomnie. Le jour et la nuit n'avaient plus de frontières pour moi. C'est en vain que je cherchais l'apaisement, la félicité du sommeil. Dormir, dormir, dormir par pitié, quelle que soit l'heure, mettre fin à la mauvaise conscience d'avoir été ce monstre, cet ivrogne, ce fou furieux.

M'étendre sur les raisons qui m'avaient intimé de retourner sur ces lieux de mon enfance soviétique serait trop long, trop fastidieux. Disons pour faire court que Paris je n'en pouvais plus. Et puis il y avait ce qui s'était passé avec Lena, la façon dont je m'étais comporté, tout cela me hantait. Depuis un jour noir et pluvieux de juin, je n'osais plus me regarder dans une glace, je craignais les miroirs, les reflets des vitres, l'eau grise du canal de l'Ourcq.

J'avais réservé sur un coup de tête un billet d'avion pour Kharkiv, fourré le strict nécessaire dans une valise, appelé Boris d'une voix paniquée depuis le taxi qui me menait vers Roissy en plein milieu de la nuit. Boris m'avait rejoint à l'aéroport à 9 heures du matin, ils partaient à la mer, du côté de Marioupol, l'aéroport était sur leur route, j'avais juste eu le temps de saluer sa femme et ses enfants qui somnolaient derrière les vitres du break, Boris m'avait dit la maison est à toi, fais comme chez toi, tu rendras les clés au voisin, on t'a préparé la chambre des jumeaux, n'oublie pas de nourrir le chat et prends bien soin des plantes, tu te souviens le bus c'est le trente-six, même le numéro n'a pas changé, mais à ta place franchement je louerais une voiture, enfin fais comme tu veux, il y a des vélos dans le garage.

La solitude ne me faisait pas peur. La solitude, je la quêtais, la solitude et le silence, j'avais fait le vœu de me taire, de ne plus laisser percer cette voix qui m'était étrangère. J'étais venu pour enterrer ma vie parisienne et laisser mourir ma voix loin de moi. Mais cette voix honnie me hantait, je m'enfonçais dans une vie ventriloque ; ça parlait au fond de moi, ça ne cessait de parler, ça parlait sans raison, ça jacassait, c'était un ronron étourdissant de regrets et de remords. On croit se fuir ou se retrouver, fuir son moi d'aujourd'hui et retrouver celui de naguère, on ne fait que fuir les autres et se livrer pieds et poings liés à l'image qu'ils vous tendent. J'étais prisonnier de cette image que j'avais laissée de moi, ce type ignoble, répugnant, ce monstre ou, comme disait Lena, ce schizophrène.

J'ai dit que je n'avais pas de souvenirs d'enfance. Je croyais dans les pouvoirs de la peinture pour effacer cette impression, gratter la grisaille des années 80, racler la patine soviétique. Seulement, je n'avais plus d'inspiration. Et je me disais une fois de retour au pays, tu vas te remettre à peindre, ça va revenir, patience, c'est juste un besoin d'air frais, de verdure, la vie au grand air qui te manque, tu t'escrimes à ton bureau, sur ton chevalet, dans des ateliers, tu crayonnes et badigeonnes toute la journée, mais il n'y a rien de plus vain que cette partouze picturale. On croit peindre d'après nature, on ne fait que peinturlurer d'après l'art et la culture. Sous nos mains c'est telle ou telle image croisée dans un livre, un magazine, une vitrine, une galerie, un musée – un musée nommé Paris – qui revient et se fige sur le papier. On croit peindre pour le plaisir ou par nécessité, on ne fait que se rêver peintre adulé, coté, commenté, vendu aux enchères, admiré dans des galeries, accroché dans des foires.

Boris m'avait dit le jour où tu as besoin d'air frais, d'un atelier en pleine campagne, appelle-nous, n'hésite pas. Le rêve : s'enfermer ici, dessiner, peindre sans relâche, jour et nuit, se saouler de vodka et de musique classique – écouter à tue-tête Rachmaninov, Prokofiev, Arvo Pärt. Arvo Pärt était le compositeur préféré de Boris, qui était un mélomane averti ; hautboïste, il avait joué quelques années dans la fanfare locale puis dans l'orchestre de Louhansk. Boris vivait en musique, se couchait en musique, se réveillait en musique – la musique disait-il, était sa raison de vivre. Dans la chambre des parents, à l'étage, il y avait une belle chaîne hi-fi dont la présence massive détonnait dans cette poussière et ce décor d'antan, et tout autour de la chaîne il y avait des vinyles, des cassettes audio et des piles de CD. Je savais qu'il y aurait tout Arvo Pärt parmi ces piles ; tous les morceaux, toutes les interprétations possibles. Au hasard, j'avais inséré un CD d'Arvo Pärt – *Tabula rasa* – dans le lecteur, et j'avais pressé la touche *play*. Je comptais sur cette musique pour m'apaiser. Mais n'importe quelle musique me ramenait à Lena.

*

Depuis bientôt six mois, depuis que notre histoire battait de l'aile, chaque fois que je me retrouvais face à ma page blanche, face à ma toile et mon chevalet, c'était Lena qui apparaissait en filigrane, me donnait la main, m'entraînait, m'intimait de la suivre armé de mon pinceau. Alors je trempais mon pinceau dans l'eau, dans mes godets, et je la dessinais de mémoire. Et je la dessinais parfois sans même le vouloir. Face à une dune, face à une falaise, à la mer agitée ou au soleil levant, je croyais d'abord dessiner ce que j'avais sous les yeux ; rentré chez moi, j'ouvrais mes carnets, je ne reconnaissais pas le motif, les traits étaient trop fuyants, les couleurs trop vives, les contrastes trop violents et je me rendais compte que dans telle ou telle tache, dans ces giclées d'aquarelle, dans ces irisations de couleurs que je n'avais pas voulues, qui s'étaient déployées au hasard sur le papier, se dissimulaient la forme de ses hanches, ses épaules saillantes, son sourire ingénu, sa gorge pâle, ses clavicules ivoirines ; souvent pris de panique ou de vitesse, tremblant dans la peur de tout rater, je n'avais pas vu que dessiner tel ou tel motif, c'était dessiner Lena – esquisser sa tristesse, retracer ses courbes, rechercher la lactescence de sa peau.

Lena hantait mes pinceaux, Lena hantait ma boîte d'aquarelle. La nuit, je me retournais dans mon lit en entendant ses pas dans la cour, ses talons faisaient vibrer l'escalier, ses ongles grattaient la porte grillagée, sa voix miaulait langoureusement ; j'apercevais son visage à travers la buée, ses yeux souriaient, ses lèvres s'entrouvraient, ses dents blanches étincelaient, la pluie d'or des lampadaires faisait briller le halo de ses cheveux blonds ; je sentais qu'elle s'appuyait à la rambarde de la mezzanine pour se déchausser, puis sa main se faufilait derrière ma nuque, effleurait les draps, me caressait les cheveux, rabattait la couette ; j'entendais ma chambre retentir de l'écho de sa voix, oui, c'était sa voix, j'en étais certain, sa voix d'été, sa voix d'avant, sa voix d'enfance. Je criais j'arrive j'arrive j'arrive, mais ma voix restait une voix de rêve, je sentais qu'elle ne trouait pas la nuit, ne gagnait pas la rive des vivants. Je m'arrachais à ma couche alors, au prix d'un effort qui me paraissait énorme, tâtonnais vers le mur blanc, le parquet d'acajou, les plinthes fissurées, dévalais les marches de la mezzanine, ouvrais la porte. Elle n'était pas là. Et je retournais me coucher ses yeux plein les paupières, sa voix plein les tympans.

J'ai longtemps été bêtement insensible à la vigueur des voix, sourd à leur vérité. Je me rends compte aujourd'hui que ce qui nous manque d'un être aimé, parti ou disparu, c'est, d'abord et avant tout, sa voix. Lena chantait du jazz dans un quartette. Le jazz, elle l'avait ramené dans ses valises d'un séjour à La Nouvelle-Orléans. Elle avait passé là-bas toute une année, étudiant à l'université, déambulant dans les rues du quartier français, découvrant une ville ravagée par le cyclone Katrina, les grands espaces dévastés, les horizons sans fin, les méandres, les bayous, et les grandes voix noires. Ces voix, le soir, étaient son refuge, elle les écoutait à tue-tête et s'endormait sur un air de Sarah Vaughan ou de Nina Simone – toute la nuit le disque tournait en boucle et nous nous réveillions sur *I put a spell on you* ou *The King of love is dead*.

Noire d'âme et de tempérament, comme elle le disait elle-même, Lena se rêvait noire de peau, et si vous l'entendiez sans la voir, vous auriez juré qu'elle l'était. Je l'accompagnais dans des cafés, des bistrots, des cabarets. Je restais accoudé au zinc et, tout en sirotant mon whisky, la regardais chanter pendant des heures. Son timbre changeait du tout au tout dès qu'elle se mettait à chanter. C'était une voix grave, envoûtante, une voix d'une ampleur insoupçonnée, une vraie voix de velours, à vous rendre ivre, où je rêvais de me lover. Quelque chose craquait en moi, se dégelait, chavirait, partait à la dérive au son de sa voix. Mais elle refusait toujours de chanter pour moi seul, disait excuse-moi, je ne peux pas, je n'y arriverai pas, ça me met mal à l'aise, s'il te plaît, n'insiste pas.

Elle moquait souvent ma lenteur à reconnaître telle musique ou tel chanteur. Il faut dire que je n'ai pas l'oreille musicale. J'ai la mémoire des mots, des images mais celle des sons me fait défaut. L'oreille absolue est un privilège, un don de la nature que j'envie – la mienne est plus près du zéro que de l'absolu et mes tympans si débiles qu'ils sont bien en peine de retrouver un air : une symphonie, une chanson, un refrain de jazz ou d'opéra, même entendus des milliers de fois, peuvent leur paraître tout à fait nouveaux. Lena en revanche avait l'oreille absolue. Il lui suffisait d'entendre le son le plus anodin, rien que le tintement d'un ongle contre un verre de cristal, au restaurant, pour dire : *fa* dièse ou *mi* bémol. Je lui enviais ce pouvoir, comme je lui enviais sa sensibilité à fleur de peau. Lena pouvait s'émouvoir pour un rien, traversait des moments de grande détresse mais ne se laissait jamais abattre, rebondissait toujours, faisait preuve d'une légèreté, d'une insouciance inouïes.

Rien ne prédisposait Lena à s'enticher de jazz – et voir cette grande Slave à la peau très pâle, aux cheveux d'un blond d'ange se rêver en chanteuse noire, atteindre parfois les accents d'une Billie Holiday ou d'une Ella Fitzgerald en étonnait plus d'un. Les admirateurs se pressaient vers les bars pour voir la chanteuse des *Blacks & White*, tel était le nom du quartette, composé de trois musiciens noirs. Tous les artifices lui servaient à s'incarner en Africaine : les tenues qu'elle choisissait ajustées, ses hanches parfaitement modelées par le jean ou le skaï, ses mollets galbés dans du nylon noir, ses cheveux minutieusement tressés ou coupés à ras – son grand front lisse et sa nuque nerveuse évoquant alors la beauté des femmes Masaï. Le jazz l'aidait à vivre avec la nostalgie de cette Louisiane perdue, qu'elle appelait son pays de renaissance. Après trois ans de vie partagée dont un an de ménage raté, durant lequel nous avions compris tout ce qui nous rendait étrangers l'un à l'autre, nous étions tombés d'accord sur ce point : le vrai lieu n'existe pas ; inutile de chercher un lieu où s'établir, seule suffit la formule – et la formule ne s'appelait ni le mariage ni le couple, surtout pas la vie à deux, enchaînés l'un à l'autre, à se disputer pour un oui pour un non. La formule s'appelait chanter pour elle, peindre pour moi.

Refuser le vieux rêve de prendre racine, répudier les contes de fées qui vous prédisent le bonheur et beaucoup d'enfants. Regarder l'horizon – se tourner vers l'horizon. Oui, nous étions d'accord sur ce point : nous sommes tous des déracinés. Nous venons tous de patries perdues. Il n'y a plus de pays natal. Il n'y a plus que des pays de renaissance. Lena s'était sentie renaître en Amérique, au bord du Mississippi, comme je m'étais senti renaître en Suède, dans la verdure suave des prairies scandinaves. Nous en parlions parfois, de nos renaissances respectives aux deux bouts de la planète. Elle me décrivait les bayous ; je lui décrivais les lacs de Suède – les contours vaporeux du Vättern, le soir, quand on les découvre depuis la vitre du train, le rouge vif des maisons qui s'enflamment au soleil couchant et se reflètent joyeusement dans cette mer intérieure.

Comme les miens, les aïeux de Lena venaient d'Ukraine – mais si les miens venaient de l'Est, du Donbass et de la frontière russe, les siens venaient de l'Ouest, de cette région marécageuse du Pripet, aux confins de la Pologne et de la Biélorussie. Et comme l'Ukraine lui était inconnue, nous avions fait la promesse d'y partir un jour, à la recherche du village de ses grands-parents. Elle avait voulu me montrer sur une carte ledit village, mais elle n'était pas certaine de son emplacement, rien qu'en Volhynie, ce nom revenait plusieurs fois, c'était un nom banal que j'ai oublié mais qui commençait par un V. Je connaissais un peu la Volhynie, autrefois ma mère m'avait envoyé là-bas passer quelques jours d'été chez des cousins germains et je m'étais proposé de servir à Lena de guide et d'interprète. Je lui avais dit que, s'il le fallait, nous retournerions toute l'Ukraine comme une couette à la recherche de ses ancêtres, mais la veille du voyage, elle avait pris peur, ne se sentait pas prête, il fallait attendre le moment propice, et nous avions remis le voyage à plus tard.

Mais voici que nous étions séparés, qu'elle chantait quelque part dans la ville, que sa voix envoûtait d'autres hommes, clouait d'autres hommes contre leur zinc, leur verre de vodka rivé aux lèvres et jamais, non jamais nous ne marcherions ensemble vers l'est ni nulle part ailleurs – j'avais dépassé les bornes comme elle disait, atteint le point de non-retour, la scène avait eu lieu en pleine rue, j'étais saoul, je l'avais traitée de fasciste et de *banderiste*, elle s'était cabrée, m'avait jeté un regard furax où se mêlaient l'effroi, la colère, l'outrage et la pitié, la pitié de me voir capable d'en arriver là, l'envie de me gifler, elle avait retenu son geste, dévalé la rue, crié tu es complètement taré, répété taré taré taré, inutile de la suivre, elle m'aurait craché en pleine face, j'étais resté les bras ballants, désarmé, déboussolé. D'où me venaient tant de violence et de vanité ? Je l'avais appelée le soir, elle n'avait pas décroché, à la énième sonnerie elle avait fini par répondre d'une voix lasse, hautaine, étrangère, une voix de verglas – cette fois-ci c'est la bonne, ne cherche pas à me revoir, ça ne servira à rien, tout est fini entre nous, je ne veux plus jamais entendre parler de toi, oublie-moi. L'oublier – oui, mais comment on oublie ?

Mettre l'Europe entre elle et moi ? Je savais déjà que rien n'est moins fertile que le voyage, pour oublier, mais je n'avais pas le choix, c'était le voyage ou *pistol and ball*, comme dit Melville. Donc, le surlendemain, j'avais laissé tout en plan dans mon appartement, je m'étais engouffré dans un taxi pour Roissy. Terminal 2H. Direction l'autre bout de l'Europe. J'avais pensé d'abord rendre visite à mon père qui vit seul dans un bloc de la banlieue de Donetsk, là-bas, chez les séparatistes, mais je n'en ai plus le courage – d'avoir passé neuf hivers là-bas, dans cette cité minière, à l'ombre des terrils et des cokeries, a noirci cet endroit dans ma mémoire. Si j'y repense, je vois tout en noir, noires les façades, noires les fenêtres, noirs la pelouse et les trottoirs. Il y a sans doute bien d'autres raisons qui expliqueraient pourquoi je ne retourne jamais voir ce vieux père divorcé, remarié, veuf et taciturne, chez qui je passais les week-ends, l'hiver, quand la steppe était enfouie sous la neige. J'avais donc opté pour la campagne, appelé Boris. Mais dans mon village natal, ma grand-mère était décédée depuis bientôt sept ans, l'appartement revendu, plus personne ne me liait à ces lieux.

Depuis quelques jours, cependant, des voix revenaient me hanter, des voix qui berçaient mes premiers étés. Voix du poivrot chantonnant de retour du bar. Voix de la veuve H lorsqu'elle vous saluait derrière sa glycine et vous parlait de la pluie et du beau temps. Voix de la fleuriste qui vous vantait longuement ses lys – les humait en les emballant dans du papier journal. Voix du laitier qui vous toisait de ses beaux yeux d'un bleu rieur et souriait jusqu'aux oreilles en tranchant la meule de beurre. Voix du boucher qui souriait tout autant en désossant son gigot. Voix du marchand de journaux.

Voix de l'épicier. Mais toutes ces voix s'étaient tues. On entendait seulement de temps à autre une vache meugler derrière le muret, un tracteur vrombir à flanc de coteau, une tondeuse à gazon ronronner de l'autre côté de la haie, ou alors c'étaient des oies qui caquetaient, le hennissement d'un cheval, ou encore le braiment d'un âne ; et partout, les stridulations des criquets le jour, des grillons la nuit, et jour et nuit les moustiques, les hannetons, les mouches, le bourdonnement des mouches qui vous inoculaient le virus de l'insomnie. Mais on n'entendait jamais les hommes, les hommes ne vous saluaient pas sur les chemins poussiéreux, ils se contentaient de hocher machinalement la tête sur votre passage, ne parlaient pas, et la plupart du temps on ne les voyait pas, ceux qui n'étaient pas morts à la guerre, sur le front du Donbass, étaient partis pour la ville, avaient quitté le pays, les autres étaient en vacances et ceux qui étaient condamnés à passer l'été sur place s'étaient retirés très loin derrière les murs et les écrans. À la rigueur on croisait de temps en temps l'idiot du village – visage rougeaud, sourire aux lèvres, épaules rentrées, joues mal rasées, allure gauche et claudicante, et je me rappelais en le voyant passer les histoires loufoques qui circulaient autrefois sur son compte.

*

24 août. Tenir un journal pour conjurer la solitude. Pour lutter contre l'insomnie. Une semaine que je ne sais plus ce que dormir veut dire. Mais quelle idée d'être venu m'installer ici ? Un besoin de remonter à la source, de remettre les pendules à l'heure, de m'offrir un bain de jouvence – mais pourquoi ici ? Si la chaleur m'effraie, pourquoi ne pas m'enfuir en Norvège, au Canada, en Patagonie ? Pourquoi ce besoin de chercher des traces d'un pays qui m'a privé d'enfance ? En fait il ne faudrait jamais revenir sur ses pas. Le Petit Poucet qui sème derrière lui ses cailloux est le premier suicidé de la société. Non, il faudrait partir pour de bon, aller toujours plus loin, sauter de ville en ville, de pays en pays, de continent en continent, pratiquer la politique de la terre brûlée, ne jamais rouvrir ses carnets, les semer derrière soi, offrir aux passants ses croquis et ses notes éparses, ou les enfouir sous des rochers, les confier à la pierre muette, aux ronces, à ces fameuses racines que les hommes croient pouvoir emprunter aux arbres. Se détacher de tout, ne rien regretter, ne rien posséder, foncer tête baissée. Mais voilà, je suis revenu ici. Cette idée m'a pris un beau jour de rentrer au pays, vivre au pays comme un ermite, recourir aux steppes de mon enfance, parler aux oiseaux de mon enfance. Quelle idée stupide et romantique !

25 août. Gagné jour après jour par la folie. Le sentiment que la folie l'emporte, que rien ne peut l'arrêter. Le temps de vous dire que vous êtes devenu fou, vous l'êtes déjà. La vraie folie n'existe pas mais la peur de la folie est déjà la peur d'un fou. Crincrin lancinant des criquets. Litanies stridulantes des grillons. Bourdonnement diffus des mouches. Angoisses, palpitations, démangeaisons. J'entends des murmures. J'évite les miroirs et les baies vitrées de la véranda.

Si j'avais su que la peinture ne mène qu'à la solitude ! Et dans cette solitude on commence à entendre des voix. Qui n'entend pas des voix dans la solitude ? Jeanne d'Arc devait être bien seule dans sa chaumière. Il suffit de rester seul un bon bout de temps dans un pays plus muet qu'une tombe – alors on se met à parler aux chats, aux oiseaux, aux plantes, aux nuages.

26 août. Matinée passée à arroser les plantes. À donner sa pitance au chat, un tigré malingre à pattes blanches, dont j'ignore le nom. J'ai décidé de l'appeler Job : il passe son temps à miauler, d'un petit miaulement geignard et il a toujours une larme au coin de l'œil. Imaginé la vie que j'aurais pu avoir si j'étais resté ici. Imaginé la vie d'un autre, la vie de Boris. Fiançailles, mariage, enfants, travail, vacances, un break, un chat, un jardin, un verger, un potager, une remise à outils – bref, le train-train souverain. Ai-je déserté volontairement cette vie-là, ou bien est-ce cette vie-là – la vie des autres, la vie tout court – qui m'a déserté ?

28 août. Événement extraordinaire, hier soir, que je ne peux passer sous silence et que je vais tenter de relater ici. Parti à l'aube après une énième nuit d'insomnie, le cerveau bouillonnant d'idées noires. Laissé derrière moi le bazar de l'atelier où la toile est restée désespérément vierge. Grimpé sur un vieux vélo jaune avec pour toutes provisions un bidon d'eau, une flasque de vodka, un carnet et ma boîte d'aquarelle. Dévalé en roue libre la rue principale du village, direction la frontière russe, le fleuve Don, qui coule là-bas vers l'est et que je pourrai atteindre avant midi si je pédale de toutes mes forces. Au dernier embranchement avant le poste-frontière, je suis pris d'une grande angoisse. Si les adultes traversaient souvent, autrefois, ce qui n'était qu'une limite administrative tracée à la règle et qui coupait en deux des champs, des villages, des maisons, il m'était formellement interdit de la franchir. Là-bas, c'était mal fréquenté, disait ma grand-mère ukrainienne, qui se méfiait des Russes, mal fréquenté et dangereux. Là-bas commençait la patrie des chauffards, des ivrognes, des gens de mauvaise vie, disait-elle, et si d'aventure je m'y risquais, je serais accueilli à la maison d'une paire de gifles et dormirais sur le paillasson. L'espace d'un instant, je suis redevenu cet enfant. Le cœur battant à tout rompre. Quelle route choisir ? Celle qui fuit à main droite et s'élance à travers la steppe vers les méandres du Don ? Ou bien celle qui mène là-bas, vers l'ouest, à l'étang rassurant de mon enfance ?

Pas moyen de prendre un chemin sans regretter sur-le-champ celui que j'ai laissé derrière moi. Cette indécision permanente, tous ces atermoiements continuels doivent être un effet de mon délabrement mental. Ah ! si seulement je pouvais me scinder en deux, j'enverrais d'un côté le moi marécageux, de l'autre le moi fluviatile ! Et ce fleuve dont je me détourne, je me dis que ce n'est pas le Don périlleux mais le Don paisible des idylles soviétiques. Tant pis ! N'y pensons plus.

En arrivant au bord de l'étang, je jette le vélo contre le tronc d'un bouleau. Rien n'a changé depuis vingt ans. Le bouleau a grandi, son tronc s'est élargi mais il me paraît plus fragile. Son écorce en lambeaux dessine des corolles autour de son tronc tailladé. Alourdies sous le poids des ans, ses frondaisons frémissent à la surface de l'eau. Pas moyen de croiser un bouleau sans penser à Lena. Je la revois au bord d'une lagune, au pied d'une dune – c'était en Lituanie –, effleurant de la paume le tronc gracile et strié d'un bouleau. Je la revois sur un sentier de montagne, marchant dans la blancheur des neiges – c'était en Suède – et ses yeux bleus cernés de noir ont la tristesse des grands yeux blessés des bouleaux. Je la revois courir nue dans un sous-bois – c'était en Pologne – et le jeu du soleil entre les troncs vergetés des bouleaux crible sa peau blanche, fait chatoyer ses hanches. Je la revois couchée à l'ombre d'un bosquet de bouleaux, je revois les petites feuilles triangulaires et les chatons dorés pleuvoir sur son visage, je sens encore l'odeur de printemps des bouleaux – c'était en Lorraine, chez des amis de la diaspora, la nuit de la Saint-Jean, la lune était pleine, les troncs des bouleaux luisaient comme des phares – à la vue des bouleaux, Lena avait évoqué l'Ukraine de ses ancêtres, me confiant que son prénom lui venait d'une rivière sibérienne. Sa grand-mère ukrainienne avait connu le Goulag, elle lui décrivait cette rivière dont se souvenait l'iris bleu-vert de ses grands yeux, elle lui avait dit le jour de ta naissance tu avais les yeux couleur des glaces flottantes de la Lena, alors nous t'avons appelée Lena.

Voilà pourquoi j'aurais dû prendre la route de l'est. J'aurais bravé la frontière russe, atteint la rive du Don et retrouvé dans les eaux du fleuve la couleur des yeux de Lena. Au lieu de quoi, à la fin de l'été, l'étang de mon enfance a cette couleur brune que je n'aime guère.

Les nénuphars sont fanés, fanés les iris sauvages et les grandes orchidées. Des feuilles mortes flottent çà et là, émaillant la surface de l'eau, signes avant-coureurs de l'automne. À travers les feuillages, on voit s'élever la colline roussie et se détacher des arbres triturés et noircis tels des bâtonnets de fusain – comme tous les étés, la canicule s'est traduite ici par des feux de forêt.

Passé l'après-midi au bord de l'étang, sous un ciel orageux, à vider ma vodka. Chaleur accablante. Impossible de peindre ou de dessiner quoi que ce soit. Impossible de m'apaiser. Anxiété croissante. Soudain le vent se lève, la forêt fredonne, le soleil émet une brève lueur avant de se coucher derrière la colline roussie. La nuit menace. Il est temps de rentrer. Je me lève. J'entends alors frémir l'air et murmurer l'eau morte. Surgit un cygne, que je n'avais pas vu – il nichait là-bas entre les joncs et les roseaux. Ses plumes se gonflent, il se sert de ses ailes comme d'une voilure, glisse sur l'eau – frégate, yacht ou goélette –, s'approche en dodelinant, s'éloigne indolent, placide, revient, dérive, fait du surplace, se retourne, hoche la tête, renifle, me toise d'un air méfiant. Il plonge la tête dans l'eau, barbote un instant, la ressort l'air dépité. Plonge de nouveau – tout le corps cette fois – et me montre son petit derrière blanc qui rebique.

Je me jette sur mon carnet, rassemble mes pinceaux, ouvre ma boîte d'aquarelles. Quelque chose m'a toujours fasciné dans cette allure hermaphrodite, cette blancheur trop parfaite, ces courbes serpentines, cet air hautain, ce long cou qui se tortille, ce bec couleur de corail, en forme de rostre et pourvu de dents ; il y a là quelque chose de mythologique, c'est l'antique bête des marais, le seigneur de la vase et des sables mouvants, le roi des bras morts et des méandres, il tient de la vouivre et de l'hydre. Et, le temps de plonger mon pinceau dans mon flacon, j'entends dans l'air un fracas formidable, je vois de grandes vagues traverser l'étang et le ciel zébré de blanc. Le cygne s'est envolé, laissant dans son sillage affleurer des plumes et tourbillonner l'étang. Penché sur mon carnet, je n'ai pas eu le temps de le croquer. Le cygne est déjà loin, là-bas, petit voilier blanc dans le chien-et-loup du crépuscule. Cette fois-ci, je me lève pour de bon, range mon matériel, enfourche le vieux vélo jaune, pédale à toute vitesse vers le village, sous une nuée de corbeaux qui font un boucan de tous les diables.

Le ciel est mauve, lavé de tout nuage lorsque je parviens à la datcha qui flamboie dans la lumière mourante. Je saute du vélo, le jette dans l'allée, passe la porte, me déchausse sur le seuil, cours vers la chambre des jumeaux. Là, je m'affale à plat ventre sur l'étroit lit d'enfant et toute la vodka ingurgitée dans la journée commence à produire son petit effet. J'ai dans le ventre une bombe à retardement, je sens l'alcool affluer dans mes jambes, la tête me tourne, j'ai la migraine et la fringale, mais je n'ai pas la force de me traîner jusqu'à la cuisine, et puis je sais qu'il n'y a plus rien à bouffer. Je sens que la faim m'enfonce dans les draps, que l'ivresse m'ouvre la voie du rêve. Passent les secondes, les minutes, les heures. La vision fugitive du cygne en vol ne veut pas me quitter.

Avec Lena nous allions parfois nourrir les cygnes, à Paris, sur le canal de l'Ourcq. Elle aimait regarder les cygnes se défier, se chamailler, se battre en duel pour une miette de pain. J'aimais la voir tendre son poignet pâle au-dessus de l'eau grise. Et dans mon rêve éveillé je la vois poursuivie par un cygne à travers les troncs des bouleaux, cygnes et bouleaux se confondent, leurs yeux noirs s'éparpillent, et puis le cygne disparaît, les bouleaux disparaissent et je ne vois plus qu'elle, Lena, aux confins du songe et du souvenir. Lena.... Lena... Lena. L'oublier, oui – mais comment on oublie ? Dormir, dormir, enfin, par pitié – ça fait trop de temps que je n'ai pas fermé les yeux, dormir, je n'aspire à rien d'autre, et je me recroqueville dans ce vœu de m'oublier, mais le sommeil ne vient pas, rien à faire, toute notre vie de rires et de larmes défile dans ma mémoire – où es-tu, Lena, ma petite Lena ? Pardonne-moi, je te promets de renoncer à la vodka et de prendre soin de toi...

Et voici qu'elle me répond, sa voix de velours s'élève dans la datcha, sa voix tout enveloppée de cris d'enfants. Mais d'où proviennent ces voix ? Quel est leur langage ? Quel est leur message ? Est-ce que je rêve ? Est-ce que je délire ? Les boiseries craquent de toutes parts, la datcha est une nef éphémère, une immense caisse de résonance qui amplifie toute une myriade de sons, le vent secoue la charpente et les murs de rondins, criquets et grillons s'en donnent à cœur joie, toute la datcha vibre dans la voix du vent, de Lena, de ces enfants qui hurlent, galopent sur le plancher, dévalent les escaliers. C'est tout un chœur qui entonne un air inconnu, les voix de nouveau surviennent, montent de l'abîme, grimpent au plafond, passent à travers les fentes des persiennes, les fissures, les lézardes – voix de vif-argent, voix ravissantes, et ces voix voltigent, m'environnent de leurs volutes.

Viennent les violons, les cors se réveillent, des cloches s'ébranlent, c'est l'église du village qui carillonne dans mon crâne, on perçoit des sifflets, des arpèges de cris et de rires, toute cette marmaille me chahute et me bouscule, un orage se trame en arrière-plan, les cymbales claquent, chœur et piano se répondent en écho, des voix adolescentes se détachent de ce vacarme, râlent un moment puis s'évanouissent, des voix plus frêles surgissent, et puis ce sont des murmures, rien que des murmures – chut chut chut, la nuit chuchote. Alors, comme venus de l'envers du rêve, de très loin, de plus loin que la mémoire, comme venus du rivage accidenté, de la mer couleur de cuivre ou du fin fond des forêts boréales, on entend de nouveaux roulements de cymbales ; cris des harpies, appels de sirènes, je sens glisser la couverture et le drap se plisse sous ma peau.

Où suis-je ? Dans quel pays d'Europe ? Je dérive sur des sables mouvants, je m'enfonce dans les vases noires de l'automne, voici des cris démoniaques, des bruits de crécelle, c'est l'ondée, la pluie acide de septembre – retour du chœur désaccordé sur un faux-bourdon lugubre, cors et violons le relaient, octobre est déjà là, entre les arbres dénudés on aperçoit une clairière, la pluie cesse. Un rayon de soleil perce entre les cimes des sapins, entrebâille les nuées, s'avance à pas de loup, mais le répit ne dure pas, cors et violons reviennent grossis par les tambours, les trompettes tonitruent, les ailes des anges s'agitent, tout un rempart d'ailes dressées se forme autour de moi, des milliers de paires d'yeux me dévisagent, ce sont les neuf chœurs d'anges, ils sont venus me demander des comptes, pourquoi l'avoir insultée, pourquoi l'avoir blessée, pourquoi l'avoir violentée ? La plainte tumultueuse converge vers un centre inconnu, vers une patrie céleste, incandescente ; une voûte turquoise aspire le chant qui s'élève, gagne en ampleur, se déploie dans toutes ses couleurs. Je suis emporté, ravi délivré, je plane, c'est l'aube enfin, l'aube hivernale de Volhynie, je survole le pays de Lena, les voix me ramènent à elle, mais elle n'est plus là. Le piano poursuit seul dans le ciel opalin, prière entrecoupée par des rappels d'orage ; l'hiver et le printemps combattent corps à corps et l'embellie s'impose lentement, pan par pan, berceuse de mes trois ans, plus rien ne pèse, c'est un air simple, un air pur, un air de délivrance, la phrase longtemps cherchée, la ferveur, la joie, je crie en moi-même, je remue dans mon rêve, l'orchestre se déchaîne alors, vibrato ardent, voici l'aurore printanière, le rouge règne, le bois se fige en pierre, l'air est secoué d'échos, et puis c'est le point d'orgue et le point du jour.

Silence, les voix se taisent, les anges reposent violons et trompettes. Piano seul, très lent, très appuyé. En me réveillant, je comprends d'où vient cette musique. Je me lève. Grimpe à l'étage. Dans la chambre des parents, tous les voyants de la chaîne hi-fi sont allumés, les amplis vibrent, l'heure clignote sur le cadran à cristaux liquides, 6:15 6:15 6:15, le CD de *Tabula rasa* tourne dans le lecteur tandis que, sur la table de nuit, le radio-réveil émet une petite sonnerie.

Ubu muet

En avant ! ou plutôt, en arrière !

Alfred Jarry, *Ubu roi*

Mettons que je revenais encore une fois de l'Est. On était fin décembre et l'express nous acheminait lentement vers la frontière. Aiguillé de rail en rail à l'approche d'une gare de triage, il tanguait, titubait, ahanait. Mêlée d'excitation, une angoisse m'envahissait, grossissait à chaque instant – une frousse adolescente, comme si m'attendait un rendez-vous galant, là-bas, dans ce là-bas que seul le conducteur pouvait voir venir quand la buée sur les vitres sales tendait un paravent glauque en guise d'horizon. Verser d'un monde dans un autre, cette idée m'a toujours tétanisé : col, détroit, gorge ou frontière, faites-moi traverser l'une de ces passes idéales et j'ai le mal de mer.

De la frontière à l'aller je gardais une sensation de vertige, l'image d'un train de haute voltige, suspendu dans le vide, environné de brouillards bleus. Je revoyais l'horizon rayé de rails ; les uns grimpant vers l'aurore ou cavalant à l'aventure ; les autres engloutis par la grisaille des hangars. J'avais fait Bâle-Berlin en avion, à Berlin j'étais monté dans l'express en partance pour Kiev où m'attendait un colloque international, je n'avais rien vu du pays paternel, non rien que la nuit noire à travers ma nuit blanche, senti la pluie tomber sur la plaine polonaise, je dis la pluie mais ce pouvait être du grésil ou de la neige fondue – l'humidité régnait, le froid s'imposait, l'hiver russe était à nos trousses, les vents lancés à toute allure, les bouleaux échevelés. J'avais surpris dans le corridor une conversation, il y avait eu une tempête de neige, mais la neige avait déjà fondu, laissant la place à la boue, au point que m'étaient revenues les allusions de mon père.

Il ne parlait jamais de la Pologne, qu'il avait quittée à l'âge de neuf ans, sinon lorsqu'il rentrait tout crotté du potager. On se croirait en Pologne, disait-il, cette boue, c'est la Pologne, regarde comme on s'embourbe, putain de merde, un vrai temps de chien ! L'hiver, disait ma grand-mère, envahissait les deux tiers de l'année, le mot, je crois, lui venait à la place d'un autre, mais son lexique était limité, *envahir* elle connaissait ça, elle avait vécu ça plusieurs fois, traversé l'Europe à pied au gré des invasions russes, allemandes ou soviétiques – l'été c'était invivable, une vraie fournaise et parfois des villages entiers partaient en fumée.

La frontière s'annonçait ainsi, bavardage de ces voix dans mon cerveau, et ces voix allaient, venaient, refluaient, un vrai mascaret de voix, les cris des *babouchki* dans le compartiment ne m'aidaient pas à les chasser, ni les va-et-vient des hôtesses, des contrôleurs, des contrebandiers, les hanches gorgées de bière ou de vodka, toutes ces démarches chaloupées me laissaient sur le qui-vive, assis là-haut sur ma couchette. Impossible de faire le calme en moi – on ne fait pas si facilement le vide des voix vécues. Fourmis dans les chevilles, jarrets gigotant pitoyablement dans la torpeur oppressante, et l'angoisse pulsée dans la cuisse, le muscle qui s'impatiente, palpite, et veut retoucher terre.

J'avais visité la plupart des pays de l'Est, je connaissais bien l'Ukraine et la Russie, mais j'avais évité la Pologne jusque-là. Pour la première fois de ma vie j'allais mettre les pieds en Pologne. Même à l'aller, malgré cet arrêt de deux heures en paraissant dix, à la frontière, je n'avais pas posé le pied sur la terre ferme de mes ancêtres paternels : on avait changé les essieux sous nos pieds. L'écartement des voies en Ukraine, hérité de l'époque soviétique, est plus large ou plus étroit – mettons plus large, tout est plus large là-bas, routes et rivières, champs et prairies – qu'ailleurs en Europe.

À travers la vitre, en regardant les cheminots s'affairer sur les quais, en les écoutant gueuler leurs instructions, je repensais à mon père. Seuls avaient le pouvoir de lui arracher une bribe de polonais la vue de la neige, la glace qui saisissait l'étang, le feu, les petites catastrophes de la vie quotidienne, une bombonne de gaz mal éteinte – autrement dit les caprices des saisons, les miens, tout ce qu'il appelait mes *conneries*, et je voyais se froncer ses moustaches qu'il avait poivre et sel, fourchues, de vraies bacchantes. Une interjection féroce s'échappait entre les poils drus ; toutes les consonnes de l'alphabet vitupérées pêle-mêle dans l'espace d'un mot truffé comme son prénom de plusieurs W. Wladyslaw, mon père aimait le répéter, signifiait en polonais *la parole puissante*. La sienne l'était incontestablement ; le ton martial, l'accent slave, le grain de sa voix, son timbre usé par les Gitanes sans filtre, tout cela rendait impérieux ses ordres. À part dans ces instants d'émerveillement, de colère ou d'effroi, mon père ne recourait jamais au polonais, pourtant sa langue maternelle. Jusqu'à sa mort, il ne m'a jamais parlé de la Pologne ; j'ignore de quelle bourgade de Galicie il était originaire, celle-ci portait sur ses papiers son nom d'avant-guerre, un nom que j'ai oublié, dont je ne revois que l'initiale, un autre W, et je réalisais, en approchant de la frontière, que cette ville se trouvait peut-être de nos jours en Ukraine : depuis la fin de la guerre, la Pologne avait glissé vers l'ouest et l'URSS absorbé la moitié de la Galicie.

Enfant, quand je le suppliais de me raconter son pays natal, quand j'évoquais en sa présence le roi Sigismond, que les programmes scolaires m'avaient fait rencontrer dans *La Vie est un songe*, de Calderon, il s'emportait, me disait Calderon c'est des calembredaines, tu devrais lire *Ubu roi*, toute la Pologne, toute la France et même toute l'Europe est résumée dans *Ubu roi* ! Boutade ou non, j'avais pris la phrase au pied de la lettre, et j'avais lu la pièce, couru la voir jouée par une petite compagnie de théâtre qui faisait à l'époque la tournée des lycées. Je n'avais rien pigé à ce conte de potache, rien retenu, pas la moindre tirade sinon la première, ce *merdre* qui me semblait une invention paternelle, la chandelle verte, les *phynances*, le capitaine Bordure dont me fascine encore le nom et bien sûr l'accoutrement du père Ubu, son bonnet d'âne et ses armoiries – l'énorme spirale qui lui blasonnait la panse.

Mais Alfred Jarry n'avait pas su me vacciner contre mes rêveries et je persistais à voir dans la Pologne un pays de cocagne, verdoyant, peuplé de belles blondes aux courbes généreuses, aux pommettes perchées, aux yeux de Mazurie. Mon père avait la Pologne en horreur. S'il entendait sur les ondes courtes les premières notes d'un *Prélude* de Chopin, il se ruait sur le poste radio, bâillonnait l'appel de la patrie en pressant le bouton *off*. Ne fous jamais les pieds là-bas ! hurlait-il. Cet ultimatum se réveillait dans ma mémoire à mesure qu'approchait la frontière. Le train dans lequel j'avais pris place à Kiev s'apprêtait à enfreindre le vieux tabou familial, et l'idée me plaisait que cette fois-ci je mettrais pour de bon les pieds en Pologne, que je franchirais moi-même la ligne interdite : dans une ville frontière que j'appellerai P***, nous devions changer de train, trois heures d'attente, de quoi faire un petit tour en ville.

Le trajet que j'étais en train de faire, je l'avais anticipé tant de fois qu'un sentiment de déjà-vu ne voulait plus me lâcher, me retenait prisonnier dans mon compartiment, sur le cuir craquelé de ma banquette, incapable de savoir au vrai ce que je ressentais sinon le fameux frisson de la frontière, l'angoisse émoustillée d'adolescent rôdant aux abords d'une zone obscure, comme si c'était un autre que moi, ou moi plus jeune, ce qui revient au même, qui était monté la veille à bord du train à destination de P***. J'écris P*** : je n'ai pas d'atlas sous la main pour vérifier le nom de cette ville et le restituer tel quel ne servirait à rien. C'était un toponyme imprononçable – six ou sept consonnes contre une ou deux voyelles. Et à ce propos me revenait une des blagues préférées de mon père. Elle disait que le jour où Jean-Paul II, élu pape, était parti pour Rome, il avait demandé à ses concitoyens massés dans la cathédrale de Cracovie quel était leur plus grand vœu, qu'il adresserait au Seigneur dès son intronisation ; ceux-ci s'étaient alors exclamés comme un seul homme : Moins de consonnes ! Moins de consonnes et plus de voyelles !

Mis à part quelques panneaux, quelques écriteaux lus sur les cloisons du train, à travers les vitres sales, l'occasion ne me serait pas donnée de vérifier le bien-fondé de la blague paternelle. La Pologne que j'allais traverser m'apparaîtrait sans consonnes ni voyelles – une Pologne hypnotisée, frappée de mutisme, emmurée dans son silence aux premiers signes avant-coureurs de l'hiver. En attendant la frontière, ne s'échangeaient à bord du train que des mots de russe et d'ukrainien, le mélange des deux parfois, sabir nommé *surjyk* dont usaient entre elles les vieilles dames. Tandis qu'elles devisaient, je les dévisageais, je comptais leurs dents en or, les poils qui frisottaient dans les plis des goitres, les fleurs sur les fichus, mon regard butait sur les grosses chaussettes de laine, les godillots de cuir râpé et j'étais saisi d'une impression de déjà-vu, oui j'avais déjà vu dans une existence antérieure ces fichus, ces chaussettes, ces godillots, ces dents en or, ces lunettes aux montures métalliques.

J'écoutais d'une oreille les conversations, je les entendais raconter comment la crise ne leur avait laissé d'autre choix que de continuer à trimer après la retraite, comment elles cumulaient les petits boulots, fouillaient à la fin du mois les poubelles, hantaient les déchetteries, se livraient à de la contrebande d'alcool. Je les entendais raconter quand elles avaient perdu qui leur fils, qui leur fille, où elles s'étaient procuré ce vieux paletot, ce frac usé, cette fourrure élimée, sur quel bazar, grâce à quelle bienfaitrice inconnue. Les petites-filles filaient un mauvais coton, adolescence oblige, les petits-fils ne donnaient plus de nouvelles – le mien se bat dans le Donbass, sa mère est ukrainienne mais son père russe, pas moyen d'échapper au service militaire, vous savez tous les jours j'ai peur, j'ai peur pour lui ! Ah ! *Bojé* ! protégez-le ! À l'unisson de ces lamentations, le train geignait de toutes ses tôles, un vrai tohu-bohu ; pris de soubresauts, il semblait s'étirer sans fin à l'approche de la frontière. Dans le compartiment le chauffage était à fond, nous commencions tous à suer à grosses gouttes, la buée perlait sur les vitres – défense d'ouvrir à cause du givre, avait dit l'hôtesse en passant, c'était l'étuve, j'avais les mains poisseuses, les ongles noirs, les lignes de chance tout incrustées de crasse.

Rien dans le paysage figé de décembre ne présageait que nous allions changer de pays, d'époque en quelque sorte, mais il y avait dans le brouhaha ambiant une rumeur muette qui annonçait l'Europe, une Europe atmosphérique, à moins que… Les jardinets proprets, la gelée blanche ou le verglas qui s'évaporaient au soleil, les Volkswagen garées dans leur allée, les gravillons et les grillages, les plates-bandes pourléchées, les haies d'ifs ou de thuyas, les garde-fous, les barrières automatiques des passages à niveau – toute une maquette impeccable et morne se recomposait sous nos yeux, dessinait la fin d'un monde grandeur nature, le commencement d'un autre miniature, où chaque chose était à sa place.

Terminus. Descendu du train, ayant franchi deux grilles et deux patrouilles le passeport à la main, j'avançais vers la guérite des policiers sous le panonceau bleu nuit aux douze étoiles d'or – *EU citizens* – qui me dispensait de faire la queue tandis que les vieilles veuves dont les voix m'avaient dorloté dans le train se pressaient sous un autre panonceau – *other citizens* – leur signalant qu'elles étaient étrangères. Quand bien même leurs noms de famille venaient de Pologne, quand bien même leurs ancêtres avaient vécu en Pologne, elles n'en faisaient plus partie, leur passeport n'arborait pas l'aigle éployant ses ailes d'argent sur les casquettes des policiers mais un trident doré, emblème de l'Ukraine. Je leur disais adieu en faisant de grands signes de la main, elles me répondaient en me bénissant, le fichu à fleurs noué sous leurs joues tristes. Je les regardais, les entendais s'éloigner, les voyais montrer patte blanche aux policiers.

Dehors, devant la gare, la place est déserte. Nulle âme qui vive. Je pense à Léa que je vais bientôt retrouver, qui m'a promis de venir me chercher, le lendemain, à la gare de Bâle. Je pense aussi que je vais pouvoir me refaire une santé, retrouver la bonne bouffe alsacienne, la *flammekueche*, la choucroute et ce sacré *gewurz*. Mon estomac s'empare de cette idée, se réjouit, gargouille, c'est comme s'il criait *vive l'Europe !*, lui que les *borchtch* et les *solianka* ont mis à rude épreuve ! Il guide mon pas, mon estomac, gargouille de plus belle, avise un grand K bleu, là-bas, au coin de la rue, enseigne qui signale peut-être un café. Grouille-toi ! crie l'estomac aux abois. Je pousse la porte. Le lieu est vide. Ce n'est pas un café, plutôt une sorte de cantine. Une femme se tient en blouse blanche derrière l'étal réfrigéré, me laisse me servir, suit du regard mes gestes, devine à mon air égaré que je suis un étranger, retient un sourire, approuve mon choix en secouant la tête à la vue du chou farci qui fume encore dans mon assiette.

Le repas terminé, je me dirige, aimanté par un ciel hérissé de flèches gothiques, vers le centre-ville. Rues boueuses et vides. Boutiques fermées. Pavés tout neufs mais rendus spongieux par la fonte des neiges. Un clocher vert-de-gris m'indique deux heures de l'après-midi. Les Polonais feraient-ils, comme les Espagnols, la sieste ? Fatigué par mes voyages, j'erre dans le silence et le froid, les yeux mi-clos, le corps ankylosé dans mon anorak, de la musique branchée dans les oreilles. Finis par m'affaler, vaincu par la fatigue, sur un banc de pierre. Ou plutôt une ancienne pierre tombale ; on devine encore des inscriptions gravées dans le marbre, à moins que ce soit la musique qui me suggère cette image. *Kyrie eleison !* clame le chœur dans le *Requiem* de Mozart, quand Chopin, la faute à cette maudite lecture aléatoire, décide que son tour est venu de se frayer un chemin vers mes tympans fiévreux. Plus efficace que Mozart contre l'insomnie, Chopin me fait bientôt bâiller, le piano m'apaise, je m'assoupis.

Rêve ou réalité, un orchestre accompagne le soliste, un drôle de chœur avec son faux-bourdon, des bruits de cymbales qui s'amplifient, un roulement de tambour qui se rapproche et fuse à travers le piano des *Nocturnes*. Je me réveille, ôte une oreillette, perçois des cris vengeurs et vois, là-bas, à l'autre bout de la place, des drapeaux rouge et noir brandis au-dessus de crânes rasés, les poings américains d'un défilé de hooligans faisant le salut nazi.

Ni une ni deux, je me lève, prends mon sac à dos – détale. Direction la gare. Mon refuge est la salle des pas perdus. Cinq ou six personnes sont assises sur des bancs de bois, attendent le même train que moi, sont tout occupées d'elles-mêmes – journal sur les genoux, polar à la main, musique dans les oreilles. Histoire de chasser les beuglements des hooligans, qui font le tour de la gare et disparaissent là-bas, en rangs serrés, derrière les rails – histoire de chasser les voix qui reviennent me hanter, voix des vieilles veuves, voix spectrale de mon père, courroux de la parole puissante, mes yeux vagabondent à la recherche d'un indice auquel s'attacher, d'une énigme à déchiffrer, balaient les murs jaunes et le plafond restauré, ses fresques Jugendstil.

Au moment de me lever, car mon train s'annonce sur les panneaux d'affichage, je lis cette inscription taillée au couteau dans le plâtre européen : MIGRANTEN RAUS. La colère paternelle me poursuit. Fini le désir obscur que j'avais d'embrasser le premier venu. Finie la joie d'avoir retrouvé *notre Europe*. Je grimpe dans mon train la nausée au ventre, une suite d'idées fixes et de bonnes résolutions en tête : fuir l'Europe de l'Est, retrouver Léa sur les quais de la gare de Bâle, rentrer le plus vite possible à Strasbourg, nous réfugier dans un troquet, nous balader sur les quais de la Petite France, passer l'après-midi dans les librairies et les musées, à déambuler dans le silence éternel des livres et des tableaux. En finir avec des voyages qui ne faisaient que me disperser corps et âme, ne m'apprenaient rien du monde, m'exilaient des lieux que j'aimais pour de vrai.

Au lieu d'écrire mon mémoire sur *La littérature ukrainienne des années 30*, au lieu d'avoir une véritable thèse à proposer, au lieu d'assumer la solitude inconsolable du métier de chercheur, je m'inventais des personnages, me tissais mentalement de petits romans polyphoniques, me rêvais écrivain sans écrire, diseur de ma propre aventure, auteur pluriel et polymorphe – je n'étais qu'un désœuvré. Un bon à rien, disait mon père.

Rouge est le visage de l'homme que j'entrevois dans mon compartiment au moment où j'en fais coulisser la portière. Il me tapote l'épaule, me débarrasse du fardeau qui pèse depuis plusieurs heures sur mon dos, me tend une bière qu'il décapsule en un tour de main. Ses gestes exagérés, ses sourires jubilatoires, son regard affûté, les infrasons qu'il émet en grimaçant, si bien que sa langue rougeoie, bave, et laisse voir sa glotte qui lutte en vain contre le palais – tout l'indique, cet homme est sourd-muet. Sa femme – elle porte une alliance – est sourde-muette, elle aussi. Elle se tient assise sur la banquette et s'exprime avec parcimonie : ses doigts bagués griffent l'air avec adresse et vélocité, ses lèvres happent le vide, son chapelet qu'elle égrène nonchalamment tinte à son poignet. Enceinte, elle se caresse le ventre par intermittence, soulage et berce le petit être qui respire en son giron – et, posées à plat sur une vie toute ronde et muette aussi, ses mains replètes qui parlaient tout à l'heure en s'agitant dans l'air lui donnent une prestance de madone dans un retable.

Il arrive que les gestes parlent. Les voix muettes de ces deux êtres humains, leurs regards expressifs, leurs sourires et leurs grimaces sont une parole plus suggestive que la paternelle, emphatique, grandiloquente, grossière parfois, souvent coléreuse, prompte à la vindicte et à l'anathème, s'enflammant pour un oui pour un non, jamais apaisée. Profonde est la voix captive du sourd-muet, ses borborygmes et ses onomatopées plus parlants que nos tics de langage. À défaut de surgir de la bouche, sa voix suinte dans les plis rieurs de ses paupières, dans les lignes ébréchées de ses paumes, à travers les rides de son front, dans le corps-à-corps livré au silence qui l'assiège. Comme dans nos plus belles chansons de geste, tendresse et trivialité se disputent dans cette voix captive : sa chemise déboutonnée, l'homme me montre un ventre énorme, un nombril protubérant, tout un lacis de poils châtains s'enroule autour de ce nœud violet ; marmite, orbe ou tam-tam, il le palpe, le tambourine, et se penche sur l'autre ombilic, celui que sa femme porte en avant d'elle – colle son oreille au ventre qu'il a fécondé. Et si de cette conque humaine lui revenaient l'écho de la mer et la rumeur du monde ? Il l'embrasse alors et lui confie muettement son malheur. Je regarde ses grosses mains tatouées – mains de mineur ou de plombier ? – glisser sur le ventre rond de sa femme. Ce sont des poignes épaisses, blessées, calleuses, veines saillantes, phalanges fissurées, ongles déchaussés.

Est-ce mon regard posé sur ses mains, à ce moment-là, qui pousse l'homme à se tourner vers moi ? Que signifient les tourbillons qu'il esquisse dans l'air ? Pourquoi tant de grimaces ? Pourquoi ces gestes répétitifs qui prennent une connotation graveleuse ? Que veut-il me signifier ? Qu'il est un bon coup ? Que sa femme adore ça ? D'où tient-il ce langage ? Et voici qu'il se lève et se lance dans une drôle de pantomime, en se déhanchant comme un beau diable. Oui, j'ai compris, il est un bon coup et elle adore ça. Devant mon air embarrassé, il se rassied. Essoufflé. Reprend sa cannette. Boit d'un trait. Avec force glouglous.

Et comme il voit dépasser de mon sac à dos une carte routière en piteux état, il ouvre la bouche, désigne son nombril, je lui tends la carte, il la déplie sur le ventre de sa femme. Parcourt des yeux la légende. Suit des doigts les tracés des fleuves et des rivières, des routes et des frontières. Se perd dans les à-plats verts qui disent des forêts, scrute les entailles qui lacèrent son pays natal et donnent l'image d'une Pologne en lambeaux. L'écho des lieux vécus cogne à la paroi de son palais ; forêts et collines, lacs et prairies murmurent dans le tréfonds de ce corps sans voix. Inquiète, sa femme l'observe en silence et je sens qu'elle n'aime guère le voir dans cet état. Le regard de l'homme est saisissant. Ses yeux révulsés, sortis de leurs orbites. Je l'entends balbutier intérieurement, il y a un orage dans son cerveau.

Et comme il mime sur la carte le geste d'un homme qui écrit, je lui tends un stylo, le dernier qu'il me reste. Un stylo rouge. Je lui fais signe qu'il faut faire attention, le stylo fuit, mais qu'il peut griffonner tant qu'il veut cette carte que je me suis procurée à la frontière et dont je n'ai plus besoin. Entre les doigts de l'homme, le stylo tourbillonne autour d'un toponyme, je devine que c'est leur destination, sa bouche s'ouvre grand, je sens les syllabes grimper le long du larynx, les cordes vocales se tendent, la pomme d'Adam sursaute à travers le goitre, le visage s'empourpre mais non, ça ne sort pas, ça ne veut pas, rien à faire, le toponyme l'étrangle, je n'entends que les consonnes : *SWCM…*

De l'index il m'intime de m'approcher. Je me penche. Il sort de sa poche un billet de train, me fait signe de lui montrer le mien. Il pointe du doigt le nom de ma destination, BASEL, pointe les autres noms – WARSZAWA FRANKFURT/ODER BERLIN LEIPZIG FRANKFURT/MAIN – qui se lisent en capitales sur le papier cartonné tamponné aux initiales de la Deutsche Bahn. Il me montre ensuite que sur son billet, on lit TARNOW KRAKOW KATOWICE, me remontre le nom WARSZAWA sur mon billet, le raye du doigt, agite son index de gauche à droite, secoue la tête de même, ouvre la bouche en grand, fronce les sourcils, grimace, se rue sur mes affaires, agrippe mon anorak et mon sac à dos, me prend par le bras et me fait sortir du compartiment.

Je le suis, mon sac sur l'épaule. Nous traversons le corridor en prenant appui contre les parois. Une fois sur la plateforme, au bout du wagon, il me montre l'écriteau placardé sur la portière. Je lis : KATOWICE. Je comprends que j'ai pris place à bord du mauvais wagon, dans la mauvaise partie du convoi. Que le train s'est scindé en deux dans la dernière gare. Que le tronçon pour Bâle via Varsovie et l'Allemagne continue son chemin sans moi, sur d'autres rails. Que le tronçon dans lequel nous nous trouvons file vers le sud-ouest, vers Katowice et la frontière tchèque… Qu'il me faudra descendre au prochain arrêt, faire demi-tour, attendre un train pour Varsovie, dormir à Varsovie, trouver un autre moyen de regagner Strasbourg.

Là-dessus, le train vire à gauche, à droite, ralentit, freine de tous ses fers, branle de toutes ses tôles – la plateforme grince sous mes pieds, la porte des toilettes valdingue sur ses gonds, une cannette de bière roule en bavant ses dernières gouttes sur le plancher souillé de traces de pas. À travers la vitre embuée, les bouleaux s'effacent, laissent la place à des poteaux, des pylônes, un hangar, les quais enneigés d'une gare. J'ai la main crispée sur la poignée de la portière. Le sourd-muet se tient à mes côtés. Il me rend ma carte dépliée et mon stylo rouge. En descendant du marchepied, je suis pris de vertige. Les lettres blanches sur le panneau bleu nuit ne me disent rien. Je remarque que mes doigts sont tout tachés de rouge. Et, sur la carte que je replie à la va-vite, je vois, rouges aussi, les formes spiralées de grosses empreintes digitales :

Retour de Kiev

Jeudi 20 février 2014

Quinze jours sont passés sans nouvelles de Yarick. Sur l'écran de mon ordinateur, la page Ukrainian International Airlines affiche les coordonnées d'un billet d'avion électronique :

Ticket
Departure

From To Date
Flight
Paris (CDG) Kiev (KBP) 21 February 2014
PS 0128
France Ukraine Departure at 13:20

Return flight

From To Date
Flight
Kiev (KBP) Paris (CDG) 28 February 2014
PS 0127
Ukraine France Departure at 09:45

Price

Passengers count Taxes and fees
Total price
1 person Price including taxes and fees
322.07USD

J'ai renseigné mes coordonnées et mon numéro de passeport, j'ai pianoté les seize chiffres de ma carte bancaire, la date de fin de validité, le nom du titulaire, les trois chiffres du cryptogramme visuel. Ma main droite repose sur la souris, la petite flèche blanche du curseur pointe la case bleue CONTINUE, mon index s'apprête à presser le clic gauche…

… lorsque j'entends des cris et des tirs, vois des flammes emplir mon écran, tout est flou, la caméra s'affole, balaie la boue, les flammes, le sol jonché de branchages, de détritus, de sacs de sable et de casques de chantier. Apparaissent dans le champ de la caméra des jambes, une main, un bras. Gros plan sur un cadavre violet dans son anorak – des mains anonymes le tirent en arrière, on ne voit pas sa tête, on dirait qu'il est décapité. Un casque de chantier roule à terre, des hommes marchent sur des boucliers métalliques. Nouveaux tirs. Nouveaux cris de panique. Des hommes battent en retraite derrière leurs boucliers. Du sang rouge et noir s'écoule d'un casque bleu turquoise. Un homme est la cible de tirs venus d'on ne sait où ; sous la puissance du choc, son bouclier vole en l'air. Il est touché à la jambe. Roule à terre. Se retrouve les quatre fers en l'air. On entend son râle. Un autre homme tire un blessé vers l'arrière. Un nouveau groupuscule entre dans le champ de la caméra. L'attroupement grossit. On se penche sur le blessé, on lui retire son masque de ski. Il hurle.

La caméra se tapit pour échapper aux tirs potentiels. Zoome sur les jambes des secouristes. Bottes de pluie, jambières, genouillères. La caméra s'affole de nouveau.

Des tirs encore et toujours. Un homme à casque de moto rampe au sol entre des troncs d'arbres. Une mare de sang se forme sous son corps. Un homme cagoulé harangue la troupe. Du sang s'écoule de la tête – visage invisible sous son casque de ski – d'un nouveau cadavre. Énième attroupement. Une dizaine d'hommes remontent la rue, s'accroupissent derrière des troncs d'arbres. Fumée. Gros plan sur un homme qui s'abrite derrière un bouclier de fortune. Il relève son masque respiratoire, laissant voir son visage. On y lit la peur, la fatigue, la douleur, l'égarement, l'abrutissement. Un homme rampe vers l'arrière. Des bras trimballent une civière orange. Un autre homme lève la main gauche, on perçoit l'écho d'un coup de feu ; touché à l'épaule, l'homme s'affaisse, porte la main à sa blessure, chancelle, s'agenouille. *He's wounded fuck ! He's wounded !* crie un homme de dos dont la batte de base-ball est fichée en terre. La main du blessé se crispe sur les jambes inertes d'un autre blessé – peut-être déjà mort. Un infirmier arrive. Se penche sur le blessé.

La caméra erre de nouveau de gauche à droite, de haut en bas. De l'autre côté de la rue, une femme à bout de forces marche à quatre pattes dans la boue. Elle s'allonge, pleure, parle avec un autre homme, qui est hors champ. De la fumée s'élève à l'arrière-plan.

J'ai suspendu mon geste ; la séquence a duré deux ou trois minutes ; pendant tout ce temps, mon index est resté en l'air ; sur la page d'Ukrainian International Airlines, la case bleue CONTINUE s'est effacée, je n'ai pas validé mon billet électronique, le délai s'est écoulé, il faut recommencer la procédure depuis le début. Lentement, ma main relâche la souris, je bascule mon écran en mode veille, quitte mon bureau. J'ai la nausée. Un instant, j'ai l'impression que le type qui dégomme ces mecs-là comme des lapins, c'est moi ; un instant j'ai la sensation de m'être glissé dans la peau d'un sniper ou pire – d'un opérateur de drone. De faire la révolution à distance, derrière un écran. De m'enivrer du parfum de la guerre à distance. Un malaise me gagne à l'idée d'une telle obscénité, je ne prendrai pas mes billets d'avion pour Kiev, je n'ai rien à faire à Maïdan, j'ai peur pour ceux qui ont peur, je repense à la belle gueule d'ange de Yarick, je me dis putain si ça se trouve ton pote Yarick était dans le lot, ça serait bien son genre de jouer aux héros !

Depuis les premiers jours de la mobilisation, depuis que les Ukrainiens sont descendus dans la rue, fin novembre 2013, pour protester contre la décision du président Viktor Ianoukovitch – sous la pression de Moscou – de suspendre le processus d'association avec l'Union européenne, je suis chaque jour, heure par heure, les événements. Tous les jours, j'écoute les slogans des protestataires, je regarde leurs drapeaux et leurs logos, j'ai le cerveau saturé de bruits et de couleurs. Une place publique est le lieu où s'invente le peuple qui manque. Or le peuple ukrainien – peuple de *l'entre* – est un de ces peuples qui manquent. C'est même un peuple imprévu, un peuple imprévisible. Et c'est cette imprévisibilité que j'aime.

Normalement, j'ai la passion des frontières, pas des places. La passion des périphéries, pas des centres. Une place publique, a priori, c'est le contraire d'une frontière ; ce n'est pas le lieu de la partition mais celui du partage. Et pourtant, toutes sortes de frontières ressurgissent sur ces lieux de partage ; en Ukraine, qui est par excellence *le pays de la frontière*, les lignes de clivage se retrouvent partout et, dans toutes les grandes villes du pays, les places centrales sont, en 2014, les premiers lieux d'affrontement.

La place de l'Indépendance à Kiev, Internet la duplique sur mon écran, une place 2.0, au carré, qui fait du bureau portatif de mon ordinateur un lieu public en quelque sorte. Mais il me manque deux choses, que nos simulacres ne peuvent pas enregistrer, ne peuvent pas reproduire, ne peuvent même pas tenter d'imiter : l'odeur et la peau. La sensation physique, tactile, de la foule qui vous frôle, vous presse et vous chahute. Si je suis démangé par l'idée d'aller voir sur place, depuis décembre 2013, c'est que je veux sentir l'odeur de Maïdan, toucher la chair de Maïdan.

Je suis déjà allé à Maïdan, c'est un lieu que je connais bien – ce n'est pas une place que j'aime, tout y est trop kitsch, trop de colonnes, trop de statues, trop de légendes. Mais ce jour-là, je sais que je dois revenir à Maïdan. Seulement ce n'est pas le moment de risquer une balle perdue. Alors je retourne sur la page d'Ukrainian International Airlines et réserve un billet pour les prochaines vacances scolaires. L'atterrissage est reporté au 22 avril, via Berlin. J'ai l'espoir d'arriver avant les chars de Poutine – on ne sait jamais avec les Russes, disait ma grand-mère, qui n'a pas vu les Cosaques défiler en 1814 sur les Champs-Élysées mais s'en souvient. Et je sais bien, depuis un séjour à Yalta en 2007, que Poutine n'attend que le *kairos*, le moment propice, pour faire main basse sur la Crimée et le Donbass.

*

Mardi 22 avril

Vu depuis le hublot, le Dniepr, large comme une mer, miroite à l'horizon, sous les nuages ; la Desna le rejoint en serpentant ; Kiev s'annonce alors, ville-archipel éclatée entre ses collines et les bras du fleuve.

Arrivée à l'aéroport de Kiev Borispil. Étonné par le nombre de juifs israéliens qui attendent dans les files pour passer la douane. Un avion en provenance de Tel-Aviv a atterri en même temps que le mien. Des Loubavitch qui portent de gros chapeaux noirs, des manteaux noirs, des barbes grises, vous donneraient plutôt l'impression d'avoir débarqué à Mea Shearim. Familles nombreuses. Poussettes, landaus. Enfants qui gambadent en tous sens sous leurs kippas et leurs papillotes, et jettent une joyeuse pagaille dans l'atmosphère un peu glaciale du hall d'aéroport, entre les talons aiguilles et les grosses galoches. J'imagine qu'ils sont venus fêter Pessah et se recueillir à Ouman, sur la tombe du rabbin Nahman de Bratslav, un des grands maîtres du hassidisme.

Passé la douane, je change la carte sim de mon téléphone. Toujours pas de nouvelles de Yarick.

Dans la navette qui assure la liaison entre l'aéroport et le centre-ville, et qui ne partira que bondée, mon voisin est un grand gaillard scandinave au crâne chauve qui lit un livre intitulé *Україна – Ukraïna*, sous-titré : *East of the West, West of the East*. Il est venu comme moi, pour voir l'Ukraine d'après l'Euromaïdan et saluer le peuple qui a fait la révolution, mis son président en fuite et défié Poutine. Il ne parle ni russe ni ukrainien et s'entretient avec notre voisine de droite, laquelle arbore deux rubans aux couleurs de son pays et de l'Union européenne, fixés à la bandoulière de son sac à main.

Le bus nous dépose à la gare centrale. C'est la troisième fois que je viens à Kiev mais les dimensions des boulevards et des avenues, des bâtiments officiels, encore une fois, m'impressionnent. J'ai déjà la tête emplie de la mitraille des pneus sur les pavés. À première vue, peu de changements depuis la dernière fois que je suis venu, il y a six ans. Gratte-ciel inachevés, sans doute à cause d'une affaire de corruption qui a mal tourné. Immenses portes en bois, majestueuses, de la gare centrale. Je demeure quelques minutes comme hypnotisé devant le panneau d'affichage des trains, en cristaux liquides, où l'on voit défiler en russe, en ukrainien et en anglais les noms des villes. Je note sur mon calepin quelques horaires, au cas où j'aurais le temps de me rendre à l'est :

Kiev	Dnipropetrovsk	17:40	23:51
Kiev	Kharkiv	18:08	23:43
Kiev	Louhansk	19:20	11:15
Kiev	Donetsk	20:07	8:04

Les trains desservant la Crimée sont toujours affichés ; leur terminus – Simferopol – semble inchangé. Rien n'indique s'ils vont plus loin que la nouvelle frontière tracée par Poutine et ses petits hommes verts.

Dans le métro, dont les escalators descendent toujours aussi profondément sous terre, rien n'a changé non plus. Personne ne se tient au bord du quai, comme à Paris : ici, les trains déboulent toujours à toute allure, dans un sifflement effrayant, vous soufflant au visage un vent tiède et aride, qui vous ébouriffe et soulève les jupes. À bord des compartiments, à part quelques jeunes habillés à l'européenne, la même foule uniforme – l'homme et la femme rouges ne sont pas morts, ils sont toujours là, dans leur tunnel interminable, bien cois sur leur banquette de cuir, accrochés à la tringle en acier, ballottés comme des pantins ; du tunnel communiste, ils ne voient pas le bout, et l'on se demande alors où s'est produite la révolution, en tout cas ce n'était pas ici, mais à la surface ; ici les gens vivent toujours au rythme infernal du métro-boulot-dodo, et ne sortent des ténèbres que pour regagner leur appartement sordide, dans une barre d'immeuble sordide, au fin fond d'une banlieue sordide – gros pixels façon Tetris qui se dessinaient depuis le hublot de l'avion ; façades ternes, identiques et délabrées qui s'élevaient de part et d'autre de l'autoroute.

La place de la Poste, au bord du Dniepr, est en travaux. Un de mes lieux préférés de Kiev n'est plus qu'un terrain vague défendu par des palissades et surveillé par des vigiles ; l'église est toujours là, avec ses coupoles dorées ; la gare fluviale semble en sursis ; j'aime cet édifice blanc qui tient à la fois de l'opéra et du vaisseau de *Fitzcarraldo* ; je me souviens d'avoir tenté de le dessiner, plusieurs fois, avec sa tour de contrôle cylindrique, son antenne, son radar, ses colonnades et les grosses lettres bleues Київ Річковий Вокзал. Le Dniepr, déjà difficile d'accès, se retire encore un peu plus loin de la ville, tandis qu'une nouvelle voie sur berge plonge là-bas sous les feux des lampadaires et les phares des bagnoles ;

on aperçoit l'arc-en-ciel d'un pont inachevé et le liseré bleu du fleuve.

Bagages déposés en vitesse à l'auberge de jeunesse, au pied de la rue Saint-André, je décide de me rendre sans plus tarder du côté de Maïdan. Je prends le raccourci qui passe sous le gros tertre vert de l'église rococo et m'engage entre les grands arbres de la butte Saint-Vladimir à la tombée de la nuit. Le parc est désert. Pas d'éclairage ici. Mon téléphone portable me sert de lampe torche. Petite frayeur à la vue d'un molosse qui me fonce dessus : heureusement, son maître arrive à vélo, pédalant dans le halo jaune de sa dynamo.

*

À Maïdan règne encore une âcre odeur de brûlé – mélange de brasero et de pneu calciné. Sous la haute façade noircie et désossée de la Maison des Syndicats, je me souviens des immenses flammes vues en février sur l'écran de mon ordinateur. Je me souviens de ce mur de feu qui m'a fait reculer, le jour où je n'ai pas pris mes billets. Devant la barricade, des hommes en uniformes dépareillés montent la garde. Contre toute attente, ils me laissent passer sans me contrôler, malgré l'heure tardive. Amer sentiment d'arriver après la bataille. Cœur serré à la vue de la première tente où s'alignent les portraits des cent neuf martyrs de la fameuse *Nebesna Sotnja*, la *Centurie céleste*. Sur ces portraits, je recherche la belle gueule d'ange de Yarick dont je n'ai toujours pas de nouvelles. En janvier dernier, quand il répondait encore, il m'avait promis de venir me chercher à l'aéroport.

Je passe en revue les visages des martyrs. Le plus jeune a dix-sept ans ; le plus vieux soixante-treize ; une femme d'une quarantaine d'années fait partie des victimes. Certains posent avec leur attirail guerrier : casque de chantier, masque de ski, foulard palestinien, gilet pare-balles ; d'autres avec des éléments qui les identifient clairement comme des activistes ou des nationalistes : chemise traditionnelle, sur fond de drapeaux jaune et bleu ou rouge et noir. En revanche aucune arme, aucun symbole fasciste ou nazi sur ces photos. Je reste longtemps interdit devant le portait d'un jeune barbu au corps enveloppé dans un drapeau multicolore : Sergei Nigoyan, citoyen ukrainien d'origine arménienne, vingt et un ans, abattu de deux balles dans la nuque, est avec Mikhaylo Zhiznevskiï, un Biélorusse de vingt-cinq ans – tué d'une balle en plein cœur –, un des premiers morts de l'Euromaïdan : leurs cadavres ont été découverts dans la rue, au petit matin, le mercredi 22 janvier. Avec son look de hipster et sa peau mate, Sergei Nigoyan détonne, dans la Centurie céleste : la plupart des autres victimes portent des cheveux blonds sur leur visage glabre et un nom qui finit en *-uk* ou en *-ko* ; presque tous viennent d'un oblast de l'Ouest.

En passant en revue les visages des cent neuf martyrs de la Centurie céleste, je pense aux morts de la prise de la Bastille : ils étaient quatre-vingt-dix-huit. Presque cent. Cent, c'est le nombre de personnes qui sont prêtes à donner leur vie, dans un pays, pour que les choses changent pour de bon. Nous n'en avons pas fait notre Centurie céleste, et ces morts-là, aucun historien n'a pris la peine de décliner leurs noms, aucun monument ne commémore leur sacrifice. Nous ne nous demandons pas, aujourd'hui, s'ils étaient de gauche ou de droite, ultranationalistes revanchards ou fervents patriotes. Car la gauche et la droite n'existaient pas, la nation n'existait pas : la Révolution française, en inventant la patrie et la nation, a inventé la gauche et la droite. Je pense aussi au corsaire Pasolini qui considérait, en mai 68, que les CRS étaient du côté du peuple et les étudiants du côté de la bourgeoisie, de l'ordre capitaliste. On a peut-être pensé qu'à Kiev, en février, les Berkout étaient du côté du peuple, de la patrie, de la nation, de l'intégrité de l'Ukraine, et les manifestants une horde de bobos décervelés et manipulés par de furieux nazillons. L'avenir nous dira peut-être la vérité, quand nous saurons qui a tué les quarante-huit manifestants et les quatre policiers tombés dans la matinée du 20 février, rue Institutska. Car il y a une grande différence entre les morts de 1789 et ceux de 2014 : nous savons qui a tué les premiers ; des seconds nous savons seulement que leurs tueurs étaient des snipers.

Passe un cosaque en uniforme avec une toque en astrakan. Un homme en débardeur rayé se rase en tenant à la main un miroir. Un autre se recoiffe. Une femme touille le *borchtch* dans un chaudron. Verse le fond du chaudron dans une marmite. Le souper est terminé. C'est l'heure de la toilette avant de retourner se coucher près du poêle.

C'est l'odeur qui me frappe de prime abord, à Maïdan. Car l'odeur est encore là, deux mois après les affrontements. Non seulement l'odeur des pneus brûlés et des immeubles calcinés, mais aussi l'odeur de la cuisine, l'odeur de l'*evroborchtch* qu'on servait tous les jours devant la Maison des Syndicats. Mais si je parviens à humer le parfum de Maïdan, pas moyen de toucher du doigt la chair de Maïdan. Je suis venu pour retrouver mon ami Yarick – mais Yarick ne donne plus signe de vie, Yarick est peut-être parti se battre à l'est où le front s'est déplacé, alors je tremble pour lui, comme j'ai tremblé depuis le mois de décembre pour tous mes amis ukrainiens. Que faire en attendant ? Toucher les pavés, toucher les fleurs, toucher les pneus empilés ? Enfoncer ses doigts dans les plaies béantes de la place ? Jouer les médecins légistes ? Pratiquer l'écriture au scalpel comme une forme d'autopsie du réel ? Mais à quoi bon ? Je suis arrivé trop tard, je suis arrivé après la bataille, et j'ai le sentiment que tout ce que je toucherai, je le salirai. Alors je m'éloigne tandis que la nuit tombe sur Maïdan.

*

Mercredi 23 avril

Ciel bleu pâle, chaleur estivale, soleil éblouissant. On se croirait en juillet. Errer dans les rues de Podil – la ville basse, au bord du Dniepr, peuplée autrefois d'artisans et de petits commerçants juifs – me rappelle la première fois que je suis venu ici, à Kiev, il y a sept ans. C'était trois ans seulement après la Révolution orange ; je ne savais rien de ce pays sinon qu'il s'éloignait chaque jour un peu plus de la Russie, coupant peu à peu le cordon ombilical avec le grand frère eurasiatique…

Aujourd'hui, ce qui me plaît à Podil et m'émeut encore, c'est le côté *Little Odessa*. Comme je n'ai pas le temps de prendre un train pour la grande ville du Sud, je me contente de sa version miniature et fluviale. Quadrillage de rues rectilignes qui filent vers le Dniepr ou vers les zones industrielles et les cités ouvrières de la banlieue nord. Cheminées d'usines désaffectées. Façades multicolores et recouvertes de lierre. Cours pavées. Balcons de fer forgé, glycines qui s'entortillent autour des balustrades et font des guirlandes autour des gouttières, figuiers dont les racines surgissent des murs… Et les vérandas… Partout ces vérandas de bois, chacune plus charmante que sa voisine au point de me donner envie d'habiter toutes ces maisons à la fois.

Je commence à prendre en photo des ruines et me rappelle soudain qu'il faut que je me détourne de ce romantisme morbide, de cette attirance pour la pourriture européenne. Ce que je suis venu observer, ce n'est pas la mort mais la vie. Ici la vie continue comme avant, avec ses petites affaires quotidiennes, et personne ne semble se soucier de la menace qui pèse à l'est.

Au cinéma *Octobre*, un de mes lieux préférés, où j'aimais venir avec Yarick, voir des films de Paradjanov et Dovjenko, j'entre et demande le programme. Une dame d'une cinquantaine d'années, avec un fichu à fleurs sur la tête et un sac plastique à la main, est entrée en même temps que moi, qui demande s'il y a des films en russe. On lui explique que la plupart des films sont sous-titrés.

Au pied d'un immeuble, un homme entre deux âges, débraillé, en short et en claquettes, s'assied sur un banc, une bière à la main, fait sauter la capsule de sa bière en tapant d'un coup sec sur le banc.

Quand on arrive de Berlin, ce qui frappe, à Kiev et plus encore dans les faubourgs comme Podil, c'est l'à-vau-l'eau généralisé : ici ce n'est pas le bordel organisé, le bordel affecté, le bordel-pour-faire-bien mais le bordel tout court, sans préméditation, parce qu'on n'a pas le choix, pas de fric pour remplacer les pavés qui font tituber tout le monde comme des ivrognes, pas de fric pour changer les rails qui font pencher le tramway comme un bobsleigh et sautiller les gros seins de la conductrice ; on se demande d'ailleurs comment il peut bien continuer à fonctionner, ce tramway qui vous fait sursauter, parfois, lorsqu'une étincelle foudroie le ciel au passage d'une caténaire.

Les rues ont beau être rectilignes, on bute toujours contre un obstacle, alors tout le monde marche les yeux rivés au sol, aux aguets, histoire d'éviter la racine qui boursoufle le bitume ou le pavé descellé qui ne manquera pas de vous faire trébucher.

Le réel c'est ça : ce qui vous fait trébucher. Ce qui vous fait piétiner. Voici vingt-cinq ans que tout le monde, en Ukraine, passe son temps à piétiner, à trébucher contre des obstacles appelés l'histoire, la mémoire, la Russie, le communisme, le fascisme. Ces spectres, ici, sont bien réels. Mais on voit parfois passer une grande fille ou un grand gaillard qui regarde en l'air et se laisse guider par le jeu de cache-cache des coupoles entre les nuages.

L'orage qui menaçait a fini par gronder ; en quelques minutes, la cour de l'hôtel est inondée par une pluie diluvienne. La température a chuté de dix degrés.

Toujours aucune nouvelle de Yarick. Mon voyage tourne au fiasco. L'après-midi, je décide de me rendre à l'Institut français dans l'espoir de rencontrer quelqu'un qui pourrait me raconter *comment les choses se sont passées*.

L'Institut est quasi vide. Je me réfugie dans les livres de Youri Androukhovytch, qui est, parmi les écrivains ukrainiens contemporains, un de mes préférés. Je lis et recopie dans mon carnet ce qu'il écrit à propos de Bruno Schulz, un de mes maîtres en géographie imaginaire. Il parle de ce « besoin obsessionnel de rendre la réalité exotique, étrange, complexe [...] Schulz aime l'exotisme, et Drohobytch [la ville natale de Schulz, aujourd'hui à l'extrême ouest de l'Ukraine, en Galicie] ne lui suffit pas, au point d'en grimacer de douleur. S'il en parle, c'est d'un Drohobytch en quelque sorte plus grand que nature : le mot grand, ici, ne concerne pas, bien évidemment, l'espace physique. Lire Schulz, c'est découvrir un Drohobytch plus grand (profond ? secret ? raffiné ?) ».

Chaque fois que je viens en Ukraine, je me prends à rêver d'une Europe qui serait plus grande, plus diverse, plus complexe, plus orientale. Chaque fois que je viens à Kiev je me mets à rêver d'une ville plus grande et plus aérée, plus secrète et plus raffinée, d'une Seine aussi large et profonde que le Dniepr, d'un ciel aussi bleu que celui-ci, je vois des plages à la place de nos quais, je vois nos banlieues qui s'ouvrent sur un horizon de steppe et d'aventure.

Si l'on excepte la Russie et la Turquie, qui ne sont qu'à moitié européennes, l'Ukraine, on le sait, est le plus grand pays d'Europe. Mais ce n'est pas une question de superficie. C'est une question de potentiel.

L'Ukraine était un des plus grands potentiels de l'Europe. L'Ukraine des Carpates au Don et de Tchernobyl à la Crimée. J'espère que nous n'écrirons pas un jour des livres qui commenceront ainsi : *Il était une fois le plus grand pays d'Europe…* C'est cela qui me fait pencher du côté de l'Ukraine, dans le bras de fer qui l'oppose à la Russie : une Ukraine sans Crimée, sans Donbass, est une Ukraine diminuée ; non parce qu'il s'agirait d'une Ukraine moins forte, moins grande, ou moins riche, mais parce qu'il s'agirait d'une Ukraine moins complexe, moins variée, moins hybride ; nous ne pouvons accepter une Ukraine réduite à la dimension stricto sensu ukrainophone ; nous ne pouvons laisser les Russes et les séparatistes grignoter le plus grand pays d'Europe et le partager en une multitude de seigneuries, de grands-duchés, ou de grandes baronnies qui ressusciteront les vieilles haines et s'inventeront des langues ennemies.

Alors oui, Androukhovytch écrit quelque part « ce pays est trop grand, trop arriéré, trop lourdaud » ; il plaide ailleurs pour un retour de la frontière au Zbroutch – rivière qui séparait dans l'entre-deux-guerres les deux Ukraine, polonaise à l'ouest, soviétique à l'est – et se dit un homme des montagnes ; il n'a pas besoin de la Grande Ukraine qui se délite sous nos yeux mais il témoigne lui-même, par ses livres, qui continuent de tracer le sillage loufoque et tortueux de Gogol et de Chevtchenko, de Schulz et de Babel, de Boulgakov et d'Antonytch, que les pays imaginaires sont plus grands que les pays réels et que l'Europe a besoin d'esquisser des utopies sur ses marges au lieu d'y tracer des frontières.

*

Jeudi 24 avril

Temps printanier, ciel bleu cobalt, vent tiède.

Ce matin je décide de retourner à Maïdan, où je n'ai pas vu grand-chose le soir de mon arrivée. Cette fois, je m'y rends en métro. En sortant de la station, mon œil remonte le long de la colonne de l'indépendance. En 2008, elle me rappelait la colonne de Juillet, place de la Bastille à Paris, avec son génie de la liberté. Aujourd'hui, c'est la colonne de la victoire, la Sieggesäule du Tiergarten, à Berlin d'où je viens, qu'elle évoque pour moi. Alors je pense à ce qu'un Wim Wenders pourrait saisir de ce qui se joue ici.

Imaginez un observateur candide et mal informé – imaginez un ange ou un génie ailé surgi d'un film de Wim Wenders et parachuté comme par miracle ici, sur la colonne de l'indépendance, là où l'Est et l'Ouest, encore une fois, se sont affrontés. Imaginez un ange qui ne verrait pas les choses en noir et blanc – l'achromatopsie est le meilleur alibi du manichéen – mais qui verrait bien les couleurs, *toutes* les couleurs. Décrivons ce panorama. Tentons d'épuiser ce lieu clé de l'histoire vive.

L'ange ou le génie ailé sentirait d'abord l'odeur de brûlé qui grimpe encore des barricades. Il humerait la fumée qui s'élève de toutes les cheminées surgissant des tentes militaires : c'est bientôt l'heure du déjeuner. Il verrait ces murets de pneus, de pavés, de sacs de sable, ces palissades et ces barbelés, il verrait partout ces boucliers pris aux forces antiémeute, qui ont rouillé sous les pluies de mars et paraissent avoir été abandonnés par quelque légion romaine en pleine débâcle. Il verrait des décombres et des détritus, des barres de fer, des mortiers, des carcasses de bagnoles et de camionnettes calcinées, rouillées, taguées ; il verrait les prises de guerre des insurgés, ces véhicules blindés de la police, aux pneus crevés, aux calandres et aux pare-chocs défoncés qui portent encore, gravés sur la rouille, des avertissements, des déclarations, des cris de guerre :

Objet sous protection de l'Autodéfense du Maïdan !
Lors d'une fusillade, ce côté-là est dangereux !
Les vétérans d'Afghanistan avec le peuple !

Notre ange tombé du ciel commencerait par se demander quel est ce peuple : s'agit-il d'un campement nomade ou d'un village d'irréductibles Gaulois ? Dans quel pays le bon Dieu l'a-t-il parachuté ? Tous les drapeaux d'Europe se sont donné rendez-vous sur cette place, et se sont hissés sur une structure conique, métallique, qu'on appelle *iolka*, le sapin, même s'il n'y a jamais eu de sapin, jamais eu de Noël, ici, en décembre 2013 : là où les autorités municipales pensaient installer un sapin de Noël – un bon prétexte pour faire déguerpir les premiers manifestants – c'est une véritable tour de Babel européenne qui s'est élevée.

Quel est le drapeau de ce pays ? S'agit-il des douze étoiles sur fond bleu nuit qu'on voit plantées là-bas, à main gauche, au sommet d'une tente ? S'agit-il du drapeau jaune et bleu qui flotte ici partout ? S'agit-il du drapeau rouge et noir qui s'agite çà et là ? S'agit-il de la longue banderole orange qui couvre là-bas la passerelle enjambant la rue Institutska rebaptisée

Rue des Héros de la Centurie céleste ?

Et qui sont ces hommes en brodequins et en uniforme dépareillé qui patrouillent partout, avec des bonnets d'astrakan ou des bérets sur la tête, des brassards aux emblèmes bizarres, des kalachnikovs en bandoulière, des matraques au flanc, qui chantent de leurs belles voix viriles un hymne patriotique auquel on ne comprend rien sinon les mots

Mir ljubov svoboda Paix, amour, liberté
Slava Ukraïni ! Gloire à l'Ukraine !
Heroïam Slava ! Gloire aux héros !

D'où viennent-ils ? Pourquoi ont-ils le crâne rasé, duquel dépasse un toupet de cheveux blonds ? Que signifient ces moustaches fourchues et ces tatouages sur leurs gros bras nus ? Qui est cette femme qui va et vient entre les tentes, comme une âme en peine, vêtue d'un costume traditionnel, un fichu à fleurs noué sur la tête, de grandes bottes rouges qui gainent ses jambes jusqu'aux genoux ? Voici qu'elle se poste devant la tribune vide ; voici qu'elle entonne à son tour ce cri de victoire qui résonne ici sans cesse :

Slava Ukraïni ! Gloire à l'Ukraine !
Heroïam Slava ! Gloire aux héros !

Elle se prosterne, elle lève les mains au ciel ; le refrain est repris en écho aux quatre coins de la place :

Dieu est ressuscité, l'Ukraine ressuscitera !
L'Ukraine est unie ! L'Ukraine est unique !

Voici venu le temps de nous demander ce qu'il est venu faire ici, notre ange tombé du ciel. Il est venu chercher sur ce champ de bataille des traces de son ami Yarick, qui a eu le malheur d'être parachuté quelques semaines plus tôt, quand la fumée planait sur la ville assiégée, quand les flammes mesuraient vingt mètres de haut et vous brûlaient les ailes. Sur toutes les tombes improvisées, signalées par des croix à la mémoire de ceux qui ont été tués par on ne sait qui, il cherche le nom de son ami.

Mes fils, mes frères, pardonnez-moi de ne pas
vous avoir protégés des balles des snipers !

Il voudrait bien leur demander, aux fils, aux frères, aux hommes, où est passé son ami Yarick mais il ne peut leur adresser la parole. Il ne sait pas lire dans les pensées des hommes mais – les anges ont ce pouvoir, ils ont connu Cyrille, Méthode et Clément d'Ohrid, il y a longtemps, quelque part au bord d'un lac, dans les Balkans – il sait déchiffrer le cyrillique. Alors toutes les inscriptions de la place – en russe ou en ukrainien – se gravent dans son cerveau candide :

Nous aimons les Russes mais nous haïssons Poutine !
Tous ensemble contre Poutine !
Poutine et sa bande, hors d'Ukraine !
Aidons les Russes, sauvons l'Ukraine !
Russie, debout !
Les peuples russe et ukrainien sont des peuples frères !

Et sur toutes les tentes alignées, notre ange tombé du ciel lit des noms d'oblasts et de villes, comme le puzzle éparpillé d'un pays qui a tenté de se rassembler ici mais qu'on démantèle ailleurs :

Donetsk, Marioupol, Kramatorsk, Odessa, Kolomya,
Lviv, Ternopil, Rivne, Vinnytsia, Tchernihiv,
Tchernivtsi, Zaporijjia, etc.

Je ne suis pas cet ange. Je ne suis pas ce génie ailé. Personne ne m'a parachuté ici. Je me suis embarqué tout seul dans cette galère. Je n'ai pas le pouvoir de voir les choses *sub specie aeterni*. Je ne connais pas de raisons objectives en histoire. Je ne vais pas comme certains de nos illustres agitateurs publics, là où souffle le vent de la révolte, dans l'espoir qu'il me mettra dans le bon sens de l'Histoire. Je suis empêtré dans l'existence quotidienne et je dois me contenter de miettes. Me contenter de prendre des photos et de gratter dans mon carnet des croquis, des notes, ce que je vois, ce que je lis, ce que j'écoute :

Chaque pensée sera entendue
Si vous luttez, vous vaincrez ! Le Seigneur veillera sur vous !

Un peuple qui ne cherche pas à s'affranchir de l'exploitation mérite la surexploitation !

Et, comme je n'ai pas le pouvoir de voler de toit en toit, de stèle en stèle et de colonne en colonne, comme je suis condamné à mettre un pied devant l'autre pour avancer, je baisse les yeux pour ne pas trébucher. Et c'est là que je vois ce que les pavés descellés, badigeonnés de peinture bleue, jaune et rouge dessinent sur la place éventrée, au pied de la colonne de l'indépendance. C'est un grand cœur aux couleurs de l'Ukraine, au centre duquel sont disposées des fleurs et des bougies. Mais les pavés descellés de Maïdan ne se contentent pas de dessiner des cœurs, ils écrivent aussi des slogans :

Le patriotisme est une idée du Maïdan.
Stop à la propagande ! Ici, il n'y a pas de fascisme !

Mais alors je me retourne et me retrouve nez à nez avec un immense portrait de Stepan Bandera. C'est une affiche de plus de cinq mètres de haut, dressée devant une tente. Sur fond rouge et noir, accompagné du logo du Congrès des nationalistes ukrainiens – cocarde rouge, croix blanche et triangle noir. Un autre slogan, en haut du portrait, reprend cette citation du leader nationaliste :

Soit nous obtenons l'indépendance de l'Ukraine, soit nous sacrifierons nos vies dans cette lutte !

Saisi d'effroi par le portrait de Bandera, je tourne la tête. À main droite se dresse une autre affiche de cinq mètres de haut, un autre portrait. À la place du rouge et du noir, le jaune et le bleu de l'Ukraine – bleu du ciel, jaune des champs de blé. À la place des lèvres serrées, des joues glabres et du cou cravaté de Stepan Bandera – un visage qui donne froid dans le dos –, je vois un sourire radieux, une moustache débonnaire, une chemise entrouverte : Viatcheslav Tchornovil, ancien leader du Mouvement populaire ukrainien, proclame un autre slogan :

L'Ukraine commence par toi !

Comme je me sens un peu concerné, je lève les yeux. En face de moi se tient une tente de la légion ukrainienne bien barricadée derrière ses pneus, ses palissades et ses panneaux *attention chien méchant*. Et il y a là un grand écriteau qui détaille le code d'honneur d'un activiste de l'Euromaïdan : pas d'alcool, pas de trafic de drogue, pas d'agression physique, etc.

Je ne suis pas un ange ni un génie, j'ai le sens de l'humour, même noir, et de l'autodérision ; cela dit, j'évite un clown qui veut m'immortaliser pour quelques grivnas. Je m'avance entre les tentes de *Praviy Sektor* (« Secteur droit ») sous les drapeaux rouge et noir qui claquent au vent, et me dirige vers la place de Bessarabie où Lénine a été déboulonné. Devant la Poste centrale transformée en centre de recrutement du parti ultranationaliste, un pilori est dressé pour Ianoukovitch, au cas où il reviendrait dans un hélicoptère russe. Toute l'avenue Krechtchatyk est occupée par des tentes militaires et des échoppes improvisées où l'on vous vend des souvenirs, des babioles, des chemises brodées, des paillassons à l'effigie de Ianoukovitch et de *Poutler* (contraction de Poutine et de Hitler). Un cosaque s'approche de moi et m'invite à m'essuyer les pieds sur leur sale gueule de dictateur barrée d'une petite moustache noire. Au passage, il me refile un ruban de *Spilna Sprava* (« Cause commune ») ; son emblème montre deux poings qui se serrent sur les couleurs de l'Ukraine.

Devant l'Hôtel de Ville bien gardé par des hommes en uniforme et pavoisant aux couleurs de *Svoboda* (« Liberté ») le parti d'extrême-droite, qui tient là son quartier général, je cherche encore une fois, sur un panneau de liège, parmi les cent quarante-six disparus des derniers mois, le visage de Yarick, dont je n'ai toujours pas de nouvelles. Je fais demi-tour et commence à voir ce que je n'avais pas vu – ou pas voulu voir – le soir de mon arrivée. Qu'ils sont partout, les drapeaux rouge et noir. Partout, les slogans *Slava Ukraïni*, *Heroïam Slava*. Partout des croix, des fleurs, des bougies, des casques, des glaives. Partout ce blason – glaive au milieu du trident – qui est celui de la branche armée de l'OUN (Organisation des nationalistes ukrainiens). Je cherche sur les brassards les croix gammées et les têtes de mort dont on m'a parlé – mais les croix gammées et les têtes de mort ne sont plus de mode ou s'en sont allées. Peut-être à l'est où la colère s'est déplacée, où des hommes sont sur le pied de guerre et parlent de Stalingrad et de troisième guerre mondiale.

Je retourne à Maïdan. L'ombre est tombée depuis les grands immeubles calcinés qui entourent la place ; le vent du nord souffle plus fort ; il commence à faire froid. Les bouquinistes sont arrivés et déballent leur marchandise, qu'ils disposent sur des étals. Je les reconnais : ce sont les mêmes bouquinistes qu'il y a sept ans. Qui vous vendent toujours la même marchandise : à côté du *Kobzar* de Chevtchenko, les livres d'Alfred Rosenberg, bras droit d'Adolf Hitler, ancien chef du Reichskommissariat Ostland et théoricien de la lutte des races, sont en bonne place… Un vieillard me montre en clignant de l'œil, comme s'il s'agissait d'un trésor de librairie, le *Mythe du vingtième siècle* en russe… Je feuillette l'ouvrage : pas de nom d'éditeur sur la couverture mais, au verso de la page de garde, on peut lire : Kharkov, 2005…

Faim, fatigue, écœurement. Je me presse vers un kiosque géorgien, demande un tchebourek, on me le tend dans un sac en papier, le gras déborde de toutes parts et la viande, mal cuite, mal épicée, a un goût douteux. En m'éloignant de la place, j'en avale la moitié et jette le reste avec l'impression d'être un cannibale ou un nécrophage. Une jeune femme qui fouillait les poubelles s'approche de moi la main tendue :

– Il n'était pas bon votre tchebourek, ça se sent !

Je fourrage dans mes poches, dépose quelques pièces dans sa paume calleuse, me retiens de toutes mes forces et m'enfuis vers un bosquet, là-bas, pour ne pas dégobiller sur sa belle robe à fleurs.

*

Vendredi 25 avril 2014

Repensé toute la nuit aux images de la veille. Ce matin, je n'ai qu'une seule idée en tête : filer à l'Institut français et me renseigner sur les emblèmes, les slogans, les effigies, les icônes qui tiennent aujourd'hui le haut du pavé, à Maïdan.

Je commence par Bandera. Qui est celui qui a le droit à un portrait plus grand que tous ceux à la gloire des martyrs de la Centurie céleste, plus grand que ceux de Chevtchenko, le barde ukrainien dont les vers sont ici connus de tous ? Bandera qui sert encore d'insulte dans la bouche des prorusses et qui alimente encore, cinquante-cinq ans après sa mort, la propagande mortifère du Kremlin, Bandera le démon des uns et le héros des autres, est-il un fasciste ? Autrement dit les pavés de Maïdan nous disent-ils la vérité lorsqu'ils proclament *Halte à la propagande, ici il n'y a pas de fascisme* ?

Un texte de l'historien américain Timothy Snyder, qu'il est difficile de considérer comme un suppôt de Poutine, tant il est loué pour son opposition au régime en place à Moscou, répond à mes questions. Né en 1909 dans un village de Galicie austro-hongroise, mort assassiné à Munich en 1959 par un espion du KGB, Stepan Bandera est regardé par certains ultranationalistes comme un martyr. L'homme grandit dans une Ukraine colonisée, passe la majeure partie de la guerre dans des prisons et des camps de concentration nazis et le reste de sa vie en exil. À sa manière, il résume le destin de bien des Ukrainiens. Mais Bandera ne fut pas un Ukrainien comme les autres, et c'est pour cela que certains veulent voir dans ce martyr ou ce loser un héros. Bandera, écrit Snyder, « souhaitait faire de l'Ukraine une dictature fasciste débarrassée de minorités ethniques » : tel était bien le but de l'OUN, parti fasciste créé à Vienne en 1929, qui engagea une série d'attentats meurtriers, dans les années 30, aussi bien contre les autorités polonaises que contre les partisans d'un dialogue entre Ukrainiens et Polonais. Le parti fut ensuite dirigé par Andrii Melnyk avec lequel Bandera entama une longue passe d'armes, en février 40, qui mena à une scission de l'OUN à Cracovie entre modérés melnykistes (OUNm) et radicaux banderistes (OUNb) ; s'ensuivit une lutte fratricide. Avant même le lancement de l'opération Barbarossa, l'OUNb de Bandera constitua deux unités militaires pour appuyer les nazis dans leur conquête de l'Est : les bataillons Nachtigall et Rolland. Le 30 juin 1941, à Lviv, l'OUNb de Bandera proclame la création d'un État ukrainien indépendant et forme un gouvernement qui est interdit par les autorités nazies ; le 5 juillet, Bandera le trublion est arrêté, transféré dans une prison berlinoise puis au camp de Sachsenhausen jusqu'en septembre 44.

Bandera ne peut donc pas prendre part au grand nettoyage ethnique qui se joue alors en Ukraine et qu'il a pourtant voulu, théorisé, préparé. Il n'est pas directement responsable du massacre par balles de 850 000 Juifs d'Ukraine à l'automne 1941. Il n'est pas présent à Babi Yar ou ailleurs, là où des supplétifs ukrainiens prêtent volontiers leurs services aux SS, débordés dans leur travail de boucherie. Il ne participe pas, en avril 43, à la création de la division SS Galicia, unité de volontaires ukrainiens au sein de l'armée allemande. Il n'est pas complice de la déportation de deux millions d'Ukrainiens comme *Ostarbeiter*. Il n'assiste pas, en 1942, à la naissance de l'UPA (armée insurrectionnelle ukrainienne, forte de 40 000 hommes) qui nomme à sa tête un de ses anciens frères d'armes, Roman Choukhevytch (lequel sera tué dans un affrontement contre le NKVD en 1950). Il ne fait pas partie de ceux qui orchestrent le massacre de centaines de milliers de Polonais.

C'est seulement à l'automne 1944, alors que l'Armée rouge reconquiert l'Ukraine, que les nazis décident de le libérer avec d'autres nationalistes internés entre-temps pour lâcher un peu de lest et contrer l'offensive. Mais il n'a guère le temps de se battre au côté de ses geôliers et retourne vivre dans cette Allemagne qui l'a retenu trois ans captif pendant que ses partisans continuent de se battre, en Pologne contre le régime communiste, en URSS contre Staline (jusqu'en 1956 en Volhynie), avec parfois l'appui des services secrets américains et britanniques qui parachutent des combattants sur ce front méconnu et particulièrement sanglant de la guerre froide.

Bref, d'une certaine manière, Bandera, *the man who wasn't there*, pour reprendre le titre d'un film des frères Coen, n'a participé que de très loin aux pages les plus sombres de l'histoire d'un pays qui n'existait pas encore – et c'est peut-être la raison pour laquelle on a voulu faire de ce loser et martyr d'une cause perdue un héros. Mais Snyder rappelle que jusqu'à sa mort, l'homme est resté « fidèle à l'idée d'une Ukraine fasciste ». Depuis 1991, quatorze rues, en Ukraine, portent son nom, vingt-cinq statues ont été dressées à sa mémoire, et l'on trouve même six musées qui lui vouent un véritable culte. À Drohobytch, la ville natale de Bruno Schulz, il y a une statue à la mémoire de Bandera. En 2007, la ville de Lviv – la grande métropole de l'Ouest – a consacré un immense monument à la gloire de l'enfant du pays. En 2009, des timbres ont été imprimés à son effigie pour célébrer le centenaire de sa naissance. En 2010, le président Iouchtchenko a élevé Bandera à la dignité de *héros national*. Cela pour répondre à une logique politique binaire, comme l'écrit Snyder : « glorifier Bandera sert à rejeter Staline et toute prétention de Moscou sur l'Ukraine » mais ce faisant, ajoute Snyder, « Iouchtchenko a jeté une ombre sur son propre héritage politique ». Mais il y a une autre logique binaire dans ce geste : la cérémonie a eu lieu le 27 janvier 2010, qui est la Journée internationale de commémoration des victimes de l'Holocauste. Dans l'Ukraine de Iouchtchenko, glorifier Bandera servait à oublier Babi Yar.

En dressant cet immense portrait de Bandera sur la place principale de Kiev après avoir déboulonné la statue de Lénine située place Tolstoï, les hommes de Praviy Sektor et de Svoboda ont décidé d'assumer cet héritage fasciste et nationaliste ; ce faisant, ils ont jeté une ombre sur l'insurrection citoyenne et montré leur volonté de confisquer le futur au profit du passé.

L'Ukraine – qui a besoin d'icônes, comme toute nation récente – a pourtant l'embarras du choix en matière de martyrs. Je ne reviendrai pas sur l'*Holodomor*, la Grande Famine orchestrée par Staline, qui a tué entre trois et sept millions de paysans ukrainiens en 1932-33 et désertifié les campagnes. Je parlerai d'un autre type de purge. Une purge plus ciblée, mais peut-être tout aussi efficace. Avant mon départ, je consultais un site consacré à la littérature ukrainienne. Une date revenait sans cesse dans la biographie des écrivains cités : 1937 1937 1937. Pourquoi cette date ? Que signifiait-elle ? La mort. La mort de tout un pan de la vie intellectuelle d'un pays. Imaginez, dans les années 30, à Paris, à la fin d'un congrès, des hommes en armes qui surgissent, enlèvent Camus, Sartre, Aragon, Breton, Malraux, Gide, Giono, Cendrars, Bachelard et Bergson et les mènent manu militari au peloton d'exécution. C'est un peu ce qui s'est passé pour l'Ukraine et la langue ukrainienne à la fin des années 30. Une génération non pas perdue – une génération fusillée. Ce que certains spécialistes appellent la *renaissance assassinée*.

Je sais que je suis arrivé trop tard et que ce que j'aurais voulu voir et vivre, à Maïdan, a eu lieu, en décembre, à l'heure de la révolte citoyenne et bon enfant. Je suis un témoin de l'après, un témoin du désenchantement. Les écrivains arrivent toujours après la bataille. Ils voudraient écouter les vivants mais ils n'entendent parler que les morts. Ils habitent les ruines de la carte et décrivent le monde d'hier. Ils sont rongés par la mélancolie et se bercent de nostalgie. Mais où sont passés les écrivains de l'avant ? Où sont passés les visionnaires, les prophètes, les hérésiarques ? Où sont passés Cendrars, Apollinaire, Benjamin Fondane ? Où sont passés les Kafka, les Koestler et les Orwell ? Où est passé Zamiatine ?

*

Après-midi derrière l'ordinateur. Ça barde à l'est, du côté de Slaviansk, après l'assaut lancé par l'armée contre les séparatistes, qualifiés de *terroristes* par le nouveau gouvernement.

Ici, les rumeurs vont bon train. On parle de seize étrangers enlevés à l'est. Sur des photos qui montrent les portraits de jeunes hommes disparus du jour au lendemain, dont on a retrouvé les cadavres torturés dans la forêt, je cherche encore le visage de Yarick. Là-bas, de l'autre côté de cette frontière qui se secoue comme une vieille faille longtemps restée dormante, la propagande fait son travail de sape. Ukraine et Russie se livrent à l'escalade verbale. Moscou accuse Kiev de vouloir provoquer une catastrophe humanitaire. Kiev accuse Moscou de violer son espace aérien. Le nouveau président par intérim, Oleksandr Tourtchinov, apparaît sur l'écran en uniforme, avec sur la tête un képi militaire frappé d'un trident noir. De nouveaux drapeaux voient le jour à l'est, qui sont noir bleu rouge, avec pour emblème un glaive ou l'aigle russe. Il n'y a pas une Ukraine de l'Est et une Ukraine de l'Ouest. Il y a une Ukraine du passé et une Ukraine de l'avenir. D'un côté, des jeunes gens se battant pour ce pays trop grand qui avance en claudiquant, un pas en arrière, un pas en avant. De l'autre ceux qui ont la nostalgie de l'odeur de poudre et du bruit des armes, ceux qui n'ont jamais pu se faire à l'idée de la paix, ceux qui vivent dans cette ambiance guerrière, avec pour idoles Tupolev et Kalachnikov.

Passé le début de la soirée à monter et descendre comme un yo-yo la rue Saint-André, qui ne désemplit jamais, tandis que les vendeurs de souvenirs replient leurs étals. Je me demande ce que je suis venu faire dans cette ville étrangère où la liesse populaire de la révolution a tourné à la gueule de bois des aurores meurtrières ; la colère s'est déplacée à l'est mais il est désormais trop tard pour me rendre là-bas : il me faudrait passer deux nuits sur les trois qui me restent dans un train direction Kharkiv ou Donetsk.

En retournant vers l'hôtel, je tombe sur un bouquiniste en train d'étaler ses livres sur le trottoir en pente raide, à l'heure où la plupart des vendeurs ambulants remballent leur marchandise. Il m'alpague en russe, mégot à la bouche, casquette sur la tête, haleine alcoolisée, grands ongles noirs, et me fait l'article de ses vieilleries. Voici les prix de la littérature russe à Kiev en 2014 : Blok vaut assez cher (70 grivnas), Pouchkine un peu moins (50 grivnas) ; Maïakovski est bradé à 20 grivnas et les récits de Gorki, dans une belle édition bilingue de 1981, avec une couverture rouge cartonnée – sans doute à destination des militants du PCF qui désiraient se frotter à la langue du Kremlin –, valent 5 grivnas, soit moins de 50 centimes d'euro. Nous parlons de l'Euromaïdan, de la crise, de la guerre. Petro – c'est son nom – a compris la faillite du communisme et la folie soviétique le jour où, tankiste dans l'Armée rouge, il s'est retrouvé aux commandes de son engin, sur la route de Prague. C'était en 1968 ; il avait vingt ans ; on lui donnait l'ordre d'écraser la révolution de tout un peuple. C'est ce jour-là, me dit-il, qu'il a compris qu'il était ukrainien et qu'il n'avait rien à faire dans cette histoire : les Tchèques et les Slovaques étaient nos frères, des Slaves comme nous, tout autant que les Russes, et moi je devais aller me battre contre eux ! Pas question !

J'emporte le petit Pouchkine, le fourre dans mon sac à dos avec deux bières et mon carnet à dessin, remonte la rue gagnée par le crépuscule, grimpe un escalier de fer forgé qui mène sur les hauteurs, là-bas, où le soleil éclaire encore les feuillages, les troncs d'arbres et la terre ocre dont la poussière s'élève dans l'air ambré. Ce sont de drôles de terrains vagues perchés au beau milieu de la ville, couronnés de bosquets, cernés de ravins ; la pente y est si forte, et si fréquents les risques d'éboulement, que la marée urbaine s'est arrêtée là, tranchée net, au pied de ces monticules restés sauvages qui attirent toute la jeunesse kiévienne, à l'heure où le soleil se couche, à l'heure où des envies vous viennent, et pas seulement de boire des bières ou de fumer des joints.

Épiant les différents groupes de jeunes qui se donnent rendez-vous sur ces hauteurs, écartant les branches de bouleaux qui se dressent sur mon passage et dont les yeux noirs me dévisagent, j'erre à la recherche de Yarick – espérant le retrouver dans les bras d'une belle blonde ou bras-dessus bras-dessous avec un pote de beuverie. Mais Yarick était un solitaire acharné, qui pouvait passer des heures à arpenter la ville et le pressentiment me gagne – à mesure que je m'enfonce dans cette forêt miniature, voyant surgir de la verdure les premières tombes déchaussées – que je ne le retrouverai que mort. Je sais qu'il aimait dériver vers ces cimetières à l'abandon, d'où l'on pouvait contempler toute sa ville et d'où l'on pourrait aujourd'hui guetter l'avenir inquiet de son pays. Je m'adosse à un tronc d'arbre et observe les changements dans la physionomie de Kiev.

À l'ouest, l'espèce de *gated community* d'un kitsch absolu, avec ses clochetons et ses frontons multicolores, qui sortait de terre il y a six ans est encore inachevée, sans doute à cause d'une de ces affaires de pots-de-vin qui régissent le trafic immobilier. Qui aurait envie de venir s'enterrer dans ce Disneyland des ravins, cerné de grillages et contrôlé par des caméras qui vous toisent comme des gargouilles de leur œil noir ?

À l'est, je regarde le pont inachevé, là-bas, qui traverse le Dniepr ; il dessine un arc-en-ciel de béton, reprend la forme de l'arche élevée en 1954 pour célébrer les trois cents ans de l'amitié russo-ukrainienne ; l'inachèvement de ce pont, en avril 2014, est comme le symbole de la faillite et de l'écartèlement d'un pays suspendu entre un Far East qui le menace toujours et ne veut pas lui lâcher la bride et un Far West qui veut l'absorber coûte que coûte… De ce côté-ci de la colline, la nuit vient plus tôt, l'ombre se répand partout, des nappes de brouillard se détachent du fleuve, s'élèvent, planent sur la ville basse, s'immiscent entre les ravins, vous font frissonner. En reboutonnant ma veste, je réalise que je suis toujours venu dans cette ville en été ou au printemps, que je ne connais pas le terrible hiver ukrainien. Yarick, dans les derniers messages qu'il m'envoyait, en février, me décrivait le Dniepr, me disait il faut que tu voies un jour le Dniepr en hiver, il faut le voir pour le croire, il faut entendre les glaces qui crépitent ! Et c'est alors que je l'imagine, le Dniepr en hiver, je vois se dessiner la ligne des glaces, ce nouveau rideau de fer qui descend de la Baltique à la mer Noire mais qui reste ici encore à l'état d'ébauche, tracé sur papier par les uns, gommé par les autres, embrouillé de repentirs et de fioritures, et soudain je vois les pans d'un mur se dresser comme des pierres tombales, les miradors pointer leur crâne hérissé d'antennes, je vois toute la zone devenir un no man's land, on dynamiterait les vieilles églises encombrantes, on maçonnerait les fenêtres des immeubles, des gens tenteraient de s'échapper, défieraient le vide pendant que des soldats les mettraient en joue, mais je sais aussi que l'histoire, la farce tragi-comique de l'histoire ne se répète jamais tout à fait – que le nouveau partage de l'Europe n'aura pas lieu, ou alors d'une manière inédite, imprévisible, je déteste les comparaisons historiques, les simplifications, les réductionnismes, Kiev ne sera pas le Berlin de demain, être visionnaire ne signifie pas quêter dans le passé des présages du futur ; non, être visionnaire ou plutôt se faire clairvoyant,

c'est être sans cesse aux aguets,
sur le qui-
vive,
appartenir de plain-pied au présent,
scruter le noir de l'horizon,
écouter ce que dit
la nuit
quand la terre craque et que le monde
meurt dans le fatras
des vieilles légendes.

Alors s'asseoir, quelques instants, au chevet de la ville,
sortir de son sac

un carnet à dessin,
un feutre noir
et se contenter d'inscrire, noir sur blanc,
le visage inquiet d'une ville
qui tremble au couchant.

*

En regagnant la ville basse à la tombée de la nuit, j'entre dans une supérette, achète une bouteille de horilka (de la vodka ukrainienne) tandis qu'un homme passablement saoul s'embrouille avec une caissière qui le chasse en criant *Moskal ! Moskal !*, le mot pour désigner l'envahisseur moscovite.

Toujours pas de nouvelles de Yarick.

Goulot de ma bouteille vissé aux lèvres, je décide de me bourrer la gueule méthodiquement sur la place Kontraktova en espérant m'approvisionner de récits, de choses vues, d'aventures. Je m'affale sur un banc, tandis que des grappes de jeunes gens descendus comme moi des hauteurs jouent du tam-tam, que d'autres sirotent des bières, mangent des chawarmas, bavardent, s'agitent, se disputent en profitant de la douceur revenue. Une meute de chiens errants traverse la place ; les jeunes les excitent ; les clébards aboient, montrent les crocs, se battent, roulent dans la poussière, s'ébrouent, font la course autour d'un kiosque puis vont se tapir là-bas, derrière un grand pin solitaire.

Sachant que griffonner est toujours un bon moyen d'attirer l'attention, je sors mon carnet à dessin, m'attaque à la statue à cheval du cosaque Petro Sahaidatchny qui règne sur le bordel ambiant, sa massue brandie en l'air tel le foudre d'un Zeus éclair. On se presse autour de moi, on me demande d'où je viens, on me propose de la bière. Ce sont les gars du banc d'à côté : trois mecs d'une vingtaine d'années, une jeune femme, un type entre deux âges qui sirote une bouteille de vin géorgien et une vieille clocharde en jupe à fleurs qui arrête les passants, mendie à gauche, mendie à droite, et papillonne de banc en banc, en quête d'alcool ou de tabac. On me parle dans un mélange de russe et d'anglais… Viktoria, petite blonde aux bras potelés, veut savoir ce que je suis venu faire seul à Kiev, à part me bourrer la gueule sur un banc.

Je lui dis que je suis à la recherche d'un ami qui s'appelle Yarick. Quand elle apprend que je suis français, elle me dit qu'elle rêve de Paris. Je lui dis que c'est précisément Paris que j'ai fui, que ça me prend tous les ans, au mois d'avril, ce besoin de fuir Paris. Je lui parle de mon ami Yarick, qui aurait à peu près son âge, et qui faisait des études de médecine, comme elle. Je lui décris ses yeux verts, son visage, ses cheveux blonds, la cicatrice à son arcade sourcilière, mais ça ne lui dit rien, le seul Yarick qu'elle connaît, il est brun. Nous parlons un peu littérature, car elle adore, me dit-elle, la littérature française, Alexandre Dumas, *Les Trois Mousquetaires*. J'évoque la littérature ukrainienne, mais tous les noms que j'énumère lui sont inconnus, à part celui de Serhiy Jadan, qui s'est rendu célèbre pour avoir défié des séparatistes, à Kharkiv : les types l'ont fait s'agenouiller, l'ont aspergé d'un produit vert, la *zelenka*, et l'ont tabassé à coups de batte de base-ball.

Je lui dis que moi aussi j'écris des livres, que mon premier roman se passait en Ukraine, à Yalta, imaginait une nouvelle guerre de Crimée qui a fini par avoir lieu. Elle esquisse une moue suspicieuse : elle ne comprend pas ce qui peut bien m'intéresser dans son pays ; elle n'a qu'une seule envie, foutre le camp d'ici. Je lui dis qu'à Paris j'ai l'impression de tourner en rond parmi les âmes mortes : chacun ne pense qu'à son petit confort intime, à se divertir, à la série américaine qu'il regardera le soir sur l'écran de son ordi ; à l'ouest, personne ne serait prêt à mourir pour son pays. Alors qu'ici, je suis toujours fasciné par cette jeunesse débordante de vie, prête à tout risquer, prête à crever sous cette bannière étoilée de l'Europe qui a trahi nos rêves.

Je leur demande s'ils sont allés à Maïdan. Oui, ils y sont allés, me disent-ils, comme tout le monde ici. Mais au début, quand la révolte était encore pacifique. Ils apportaient des provisions aux insurgés, des clopes, des médocs, des fruits et des légumes, de la bière et de la vodka… Parfois ils montaient la garde auprès des barricades. Après ça a mal tourné, les premiers coups de feu, les premiers snipers et puis le sang s'est mis à couler, ils me disent ça en anglais, avec de grands gestes épouvantés : *there was so much blood, blood, blood, everywhere…* Et ils ont eu peur, et ils se sont repliés ici, à Podil, où la vie continuait comme avant tandis qu'on entendait, là-haut, le bruit des armes et qu'on voyait les flammes s'élever au-dessus de la colline.

Roman, cheveux bruns et longs, intervient dans la conversation : il n'est pas d'accord avec moi, d'après lui, c'est à l'est, en Russie, que les âmes sont mortes ;

tuées par la propagande et le totalitarisme, dit-il, qui sévissent de nouveau sous Poutine. Roman fait des études de cinéma et a bien l'intention de venir tenter sa chance en France, on lui a dit qu'il y a là-bas des écoles de cinéma réputées. Je lui demande ce qu'il pense du cinéma ukrainien. Il me dit : ici il n'y a rien, ça ne vaut rien. Je lui demande de me citer des cinéastes ukrainiens mais il préfère me parler de nos gloires occidentales. Je lui dis que je suis étonné, Kiev était pourtant une grande ville du cinéma dans le passé, il doit bien rester quelque chose de cette tradition, je lui parle de Paradjanov, de Dovjenko. Mais il ne veut pas entendre parler de Dovjenko : Dovjenko, dit-il, était payé par Moscou.

Sacha, cheveux blonds et longs, visage pâle et maigrichon, petites lunettes rondes sur un nez pointu, sort alors d'un étui son violon, et se met à jouer, en mon honneur, dit-il, en l'honneur de la France – prenant des airs très romantiques, secouant sa mèche à la cadence de son archet ; je pense à Liszt ou à Chopin mais c'est du Bizet qu'il joue, un petit arrangement personnel sur l'air du Toréador. La vieille clocharde s'approche, elle ramasse un mégot par terre, le fourre dans sa grande bouche édentée, me demande mon briquet, allume le mégot, m'arrache des mains la bouteille de vodka, se contorsionne au son du violon – elle rit, elle rougit, elle chiale, elle revit, se caresse les seins, soulève ses jupes, et le petit point brasillant du mégot qu'elle tient au bec virevolte dans la nuit comme une luciole. Son visage passe par toutes les couleurs de l'ivresse et de la joie, elle entre dans une région frénétique que nous avons perdue depuis l'enfance, une sorte d'extase et d'oubli de soi, de folie, c'est la Gorgone, c'est la Carmen de Bizet qui agite sa jupe à fleurs et défie la mort Toréador, et lorsque Sacha s'arrête et nous salue comme un soliste, avec le sourire embarrassé du jeune premier, elle l'applaudit, nous embrasse tour à tour comme une mamma romaine, et s'écroule sur le banc, ivre morte.

Roman et Viktoria tentent de la réveiller mais elle ne répond pas ; Sacha se penche vers elle, soulève sa main gauche qui pendouille, lui prend le pouls, puis, il la retourne et colle son oreille à sa poitrine dénudée : tout va bien, dit-il, elle roupille comme un bébé.

Il est temps pour eux de partir : Roman doit rentrer chez ses parents, de l'autre côté du Dniepr ; Sacha doit prendre un train de nuit pour Vinnytsia et Viktoria retrouver son mec qui est allé picoler au bord du fleuve avec des potes.

C'est alors qu'Andreï – le trentenaire resté jusque-là un peu à l'écart – me tend sa bouteille de vin géorgien et me propose de finir la soirée en sa compagnie. Nous entrons dans un bar désert où il commande deux cafés, deux cognacs et deux glaces. Il vient de Zaporijjia, le pays de la steppe et des cosaques, et je suis le bienvenu chez lui si je passe un jour dans les parages, dit-il en me tendant une carte de visite. Sur son portable, il fait défiler des photos de Maïdan, les derniers jours, pour me prouver qu'il y était lui aussi, qu'il a eu le droit à son baptême du feu. Les photos sont floues, la fatigue ou l'alcool me font cligner des yeux, mais je crois distinguer, sur un fond de flammes et de fumée, des hommes en cottes de mailles, des massues, des gourdins, des glaives et des étendards, comme s'il me montrait des images du

Moyen Âge. Il a une petite théorie à propos de son pays : *la théorie de la tenaille*. Ici, dit-il, nous avons toujours été pris en tenaille entre les Russes et les Allemands, entre les Turcs et les Autrichiens, entre les Polonais et les Mongols, c'est notre destin. Il s'enfonce dans son discours obsidional et me dit : aujourd'hui, les Russes veulent nous entraîner dans la guerre et les Américains dans la crise. Si je devais choisir entre la crise et la guerre, poursuit-il, je n'hésiterais pas un seul instant, je préfère la guerre : la crise, tu es pauvre, tu dors dans la rue, tu n'as rien à bouffer et tu meurs d'ennui, petit à petit. La guerre, tu es pauvre, tu dors dans la rue, tu n'as rien à bouffer mais tu ne t'en rends pas compte, parce que tu n'as pas le temps d'y penser, et si tu crèves, ce n'est pas d'ennui, mais d'une balle dans la tête ! Là-dessus, il se lève, règle l'addition, nous sortons du bar ; mordant à moitié sur le trottoir, l'attend sa bagnole, une Volga noire aux vitres teintées ; il me propose de monter et de me raccompagner ; je décline l'invitation, je préfère marcher ; lorsqu'il claque la portière et que la Volga démarre sur les chapeaux de roues, je remarque sur la plage arrière cet immense autocollant : entre les lettres AK et le chiffre 47, il y a le dessin d'une kalachnikov.

*

Samedi 26 avril 2014

Ce matin, visite du musée de Tchernobyl dès son ouverture. Entrée gratuite. Je monte les marches entre les panneaux des villages de la zone interdite, aujourd'hui vidés de leurs habitants. Devant une maquette animée qui reconstitue heure par heure le déroulement de l'événement, je réalise soudain que je suis tombé par hasard le jour du vingt-huitième anniversaire de la catastrophe nucléaire. Et pourtant, le musée est à moitié désert. Ambiance sépulcrale et poussiéreuse dans cette immense boîte noire qui est un vrai bric-à-brac. Derrière des centaines de vitrines, sans ordre apparent, on trouve toutes sortes d'objets rescapés de l'apocalypse : pelles, casques, dosimètres, slips de plomb, cercueils de zinc, rameaux arrachés à la fameuse forêt rousse, et des quantités de cartes, de photos, de maquettes et d'articles de journaux qui rappellent l'infernale épopée des liquidateurs. Tout est en ukrainien, aucune traduction, ni en russe, ni en anglais. Je suis condamné à regarder sans comprendre, à deviner ce que je vois, à interpréter, à imaginer les faits. Nombreux écrans qui passent en boucle des images d'archive et des documentaires sur les habitants de la région, sur les personnes évacuées, ou sur le risque nucléaire.

Je demeure quelques minutes devant une carte des radiations et je pense à cette phrase lue dans *La Supplication* de Svetlana Alexievitch : « les journaux ont écrit que le vent, heureusement, soufflait dans l'autre sens. Pas sur la ville… Pas sur Kiev ». J'ai toujours trouvé bizarre le fait que sur toutes les cartes, la zone contaminée s'arrête en bordure de la ville, comme si Kiev, la Ville sainte, la mère des villes russes, ne pouvait pas, ne devait pas être touchée par l'apocalypse. Quelques vitrines plus loin, c'est autre chose qui aimante mon regard : un animal empaillé, inidentifiable, sorte de rat-araignée, à huit pattes. Un de ces nombreux monstres dont Tchernobyl a accouché. Au moment où je décide de partir, débute une cérémonie commémorative : des élèves venus de plusieurs lycées du pays sont invités à rencontrer un survivant et un réalisateur, qui leur présente son film. Ils prennent place docilement, silencieusement, dans une salle réservée à ce genre d'événements pendant que je descends les marches du musée, sous les panneaux barrés des villages de la zone interdite.

Après-midi au musée Boulgakov. La joie de découvrir le décor d'un de mes romans préférés, *La Garde blanche*, laisse rapidement la place à la déception, à la nausée, au sentiment que le génie des lieux s'est éclipsé, ne laissant derrière lui qu'un monde étriqué, embaumé, naphtaliné, peuplé de spectres à l'odeur de camphre. Mon guide est une dame d'une cinquantaine d'années qui parle dans un russe très châtié. Sont peints en blanc tous les objets qui ne sont pas d'origine, que Boulgakov n'a pas connus : bienvenue au pays des fantômes ! D'ailleurs, nous dit notre guide, Boulgakov, comme Victor Hugo, s'adonnait au spiritisme. Et de nous dévoiler, derrière un rideau de théâtre, un miroir magique qui fait remuer les tables et dédouble les visages.

Retour le soir à l'auberge de jeunesse. J'ai besoin de fuir le bruit de la ville et de trouver un lieu propice à l'écriture, comme la véranda de Boulgakov. Dans ma chambre ont débarqué quatre immenses gaillards aux gueules de cosaque et une jeune femme un peu délurée : ils sont venus de Donetsk et de Louhansk pour le marathon de Kiev, qui se tiendra le lendemain. Impossible de pianoter en paix dans mon plumard, pendant qu'ils sont en train de descendre leurs dernières bières en prévision des quelques heures de sobriété qu'il leur faudra affronter. Ils me proposent de me joindre à eux ; je boirais bien un coup, moi aussi, histoire de secouer mes souvenirs et de noter le plus rapidement possible et sans ordre préalable tout ce que j'ai vu, vécu, entendu ces dernières heures ; oui, je boirais bien un coup mais seul, enveloppé de fumée, face à mon écran. Je prends congé, dévale les escaliers, m'installe avec une bière sur la terrasse de l'auberge, qui n'est pas encore prise d'assaut par les autres pensionnaires, allume un cigarillo, commence à me sentir d'aplomb pour écrire, mais une serveuse qui doit trouver l'ambiance un peu trop molle branche les enceintes à fond et nous injecte dans les tympans les derniers tubes de l'Eurovision.

Je fuis de nouveau, mon portable glissé sous le bras, le fourre dans mon sac à dos, quitte la cour pavée, me mêle à la foule de la rue Saint-André, marche à grands pas dans l'avenue inondée de soleil, me dirige vers les berges, saute par-dessus une palissade, ignore le vigile qui fronce les sourcils et s'apprête à me barrer la route, traverse le terrain vague qu'est devenue la place de la Poste, gagne enfin les bords du Dniepr, où je retrouve les chiens errants de la veille, grimpe les marches qui mènent à la passerelle piétonne, franchis le fleuve, porté par cette jeunesse qui salue le printemps retrouvé et défie le vide en se balançant au bout d'un élastique. Les jeunes Ukrainiens aiment le vertige, habitués qu'ils sont à marcher sur le fil du rasoir, à jouer les acrobates, à jongler entre les langues et à faire le grand écart entre l'Est et l'Ouest.

De l'autre côté, sur la plage de l'île Troukhaniv, je retrouve la ferveur joyeuse des week-ends ukrainiens, je retrouve les immenses bouleaux de Sibérie, je retrouve les graffitis que Yarick taillait dans leur écorce poivre et sel. Le Dniepr est bleu mais trop froid pour s'y baigner. Je m'allonge sur le sable avec un bouquin, pensant aux jours d'été que je venais passer ici avec Yarick, sur cette plage au cœur de la ville, quand nous allions nous baigner sans penser que c'était dans l'eau venue de Tchernobyl, sans penser que le sable qui nous brûlait la plante des pieds, c'était aussi du sable venu de Tchernobyl. Des pêcheurs sont là, fermement plantés sur leurs jambes, dos musculeux, épaules déjà bronzées au mois d'avril, attendant que ça morde. Ils se moquent bien de Tchernobyl, de l'Europe, de la Russie, de la troisième guerre mondiale et du nouveau rideau de fer qui vient de s'abattre sur le Donbass. J'ai ma manière de les imiter, de lancer moi aussi mes lignes, de tirer mes filets : je sors mon carnet à dessin, un pinceau, un flacon d'encre de Chine et, profitant des dernières heures de soleil, je griffonne l'horizon zébré d'ombres noires.

*

En dessinant le large dos tatoué d'un pêcheur au crâne rasé, je pense à l'adage de Levasseur de Beauplan, que Yarick, pour faire le cuistre, aimait souvent répéter : *Ucrainia est terra cossacorum*. L'Ukraine est la terre des Cosaques. D'où me vient ce mélange d'horreur et de fascination que m'inspirent les Cosaques ?

L'Ukraine est la terre du doute. Tiraillée entre tant d'aspirations. Tant de sentiments contradictoires affleurent ici, de l'écœurement à la béatitude. Ici, je comprends peu à peu mon scepticisme et mon enthousiasme, mon inquiétude et mon insouciance, mes petits effondrements et mes rebondissements permanents.

L'Ukraine m'a inspiré mon premier roman, *Halte à Yalta*, dans lequel un jeune homme qui n'est pas tatar pour un sou se fait passer pour tel ; d'une certaine manière je me considère comme un écrivain ukrainien, c'est-à-dire un écrivain de la marche-frontière (*u-kraïna*), un romancier des lisières ; en jouant sur les mots, je pourrais dire aussi que je suis un écrivain zaporogue (mot à mot un écrivain d'outre-chutes, *za-porogui*, c'est-à-dire d'après la chute du mur de Berlin, d'après la chute des *Twin Towers*) ; je me rends compte aussi que je suis un écrivain non pas voyageur mais vagabond (c'est le sens premier du mot cosaque), et qui tente de rester vigilant dans son vagabondage, un cœur sismographe, une âme sentinelle (autre sens du mot cosaque), sensible aux moindres secousses, toujours aux aguets, sur le qui-vive.

Au fond, un écrivain n'a aucune personnalité : il faut être à la fois tous les hommes et toutes les femmes, être perméable à tous les possibles, à toutes les influences, être non seulement *un petit peuple à soi tout seul*, selon la belle formule de Novalis, mais être plusieurs peuples à la fois, parler plusieurs langues, mêler plusieurs styles, n'avoir ni famille ni maison, n'avoir pas d'intériorité sinon cette chambre obscure où tout se grave et s'écrit – cette caisse de résonance qui vous rend fou, le soir, quand ça déborde, quand le papier ou l'écran ne suffisent plus à étancher cette soif d'un esprit insatiable, irréconciliable, inconsolable, qui *se transforme en tout ce qu'il voit et tout ce qu'il veut être*, pour citer encore Novalis.

Alors que je m'égare dans mes pensées, une jeune femme restée jusque-là dans les bras de son mec, derrière une dune, vient se planter dans mon champ de vision.

– Ça ne vous dérange pas si je vous prends en photo ?… Vous êtes si haut en couleur (je ne trouve rien de mieux pour traduire le mot qu'elle a dit en anglais, et qui doit se vérifier vu que je rougis illico : *colourful*).

Elle ne semble pas se douter que c'est elle, que ce sont eux, les jeunes Ukrainiens, qui sont *hauts en couleur*. Elle s'appelle Daria, cette belle brune au teint mat, aux grands yeux verts, et aux pommettes saillantes. Sa poitrine haut perchée se soulève sous son t-shirt orange pendant qu'elle presse, accroupie, la détente de son appareil. Elle tient à me photographier dans le feu de l'action, alors je perds le peu de concentration que j'avais et mes mains tremblent autant que le reflet des coupoles dans l'eau du Dniepr.

La conversation reprend, tandis que son mec ne nous lâche pas des yeux. Elle veut savoir d'où je viens, ce que je fais à Kiev.

– Je cherche un ami qui a disparu depuis deux mois.

– Et qui s'appelle ?

– Yarick.

– Et vous n'avez pas peur ?

– Il y a des raisons d'avoir peur ?

– Beaucoup de gens ont peur de se rendre en Ukraine, aujourd'hui ; j'ai des amis qui vivent à l'étranger ; je leur dis de venir, qu'ici ça ne craint rien mais ils ont la trouille, à cause de la télé : la télé c'est une machine à fabriquer la frousse, à empêcher les gens de sortir et de quitter leur pays, sauf pour faire du tourisme.

– Et toi, Daria, tu viens d'où ?

– J'habite à Kiev mais j'ai grandi en Crimée. Mes parents vivent encore là-bas.

– Des Tatars ?

– À quoi vous le voyez ?

– Et ils vivent où, tes parents, en Crimée ?

– Foros. La ville la plus méridionale du pays. Enfin, aujourd'hui, il paraît que c'est la Russie. Vous savez ce que m'a dit mon père au téléphone, le 12 mars : hier, tu sais quoi, Daria, on s'est couchés en Ukraine, maman et moi, et ce matin on s'est réveillés en Russie. Comme quoi les miracles sont encore possibles dans ce pays ! Et puis il a éclaté de rire. Mais je savais, je sentais, dans le combiné, que c'était nerveux, qu'il ne riait pas pour de vrai. Il ne voulait pas me dire la vérité. Cette fois-ci, il a ajouté, les Russes sont arrivés à nous déporter sans train, sans wagons ; ils nous ont même emportés avec notre terre, comme quoi ils ont fait des progrès du point de vue humanitaire ! Et pour cela il leur a suffi de larguer quelques petits hommes verts aux quatre coins de la péninsule. Après quoi ils ont dressé des barrages routiers, tranché le cordon de Perekop à coups de barbelés ; on dit même qu'ils ont déjà prévu de construire un pont pour traverser le détroit de Kertch…

Un temps. Puis Daria reprend :

– J'aimerais bien leur rendre visite, à mes parents, mais maintenant, c'est trop tard. Je voulais y aller pendant les vacances de février, et puis les Russes sont arrivés. Je savais que ça se produirait un jour mais pas si vite, pas comme ça, du jour au lendemain.

Daria continue à me parler tandis que son mec, un grand brun torse nu, visage mal rasé, s'est approché pour l'enlacer et lui faire comprendre qu'il est temps d'y aller. Elle me dit qu'elle n'acceptera jamais l'invasion russe mais qu'elle tient les gouvernements successifs en partie responsables de ce qui s'est passé : si l'Ukraine a perdu la Crimée, dit-elle, c'est aussi la faute à l'incurie des autorités, incapables d'ukrainiser le territoire, de répandre la langue, la culture, et d'intégrer vraiment les Russes et les Tatars à une nation ukrainienne. Là-bas ils ne parlent pas ukrainien. Vous imaginez toute une région en France où on ne parlerait pas français ?

Le soleil s'est couché sur Kiev. Daria et son mec se dirigent vers la passerelle, m'enjoignent de les suivre, je marche à distance dans leur sillage, je regarde les traces que leurs pieds nus laissent sur le rivage. Je grimpe les marches derrière eux, ils se perdent dans la foule bariolée de la passerelle, là où toute une frange de la jeunesse kiévienne, qui n'a plus peur de rien, se réunit le samedi pour jouer de la musique, fumer des joints, boire des bières, contempler le Dniepr et dompter le vertige pour épater la galerie, impressionner son mec ou sa copine, faire le plein d'adrénaline. Daria fait signe à son mec qu'elle veut sauter elle aussi, tenter le grand plongeon, non elle n'a pas peur, il lui dit tu es folle ou quoi, c'est du suicide, elle retrousse son jean jusqu'aux genoux, retrousse les manches de son t-shirt, secoue ses cheveux noirs, son collier craque, les perles se répandent sur le tartan de la passerelle, son mec se baisse pour les ramasser, Daria attache ses cheveux, enfile un casque de vélo et un baudrier d'alpiniste, le coach lui donne les instructions, elle répète les gestes en frissonnant, son dos se cambre, on voit saillir ses seins, son t-shirt se soulève et découvre le piercing de son nombril, sa queue-de-cheval fouette le visage du coach ; elle enjambe le parapet, elle est sur les starting-blocks, elle aspire un grand bol d'air, gonfle ses poumons, prend mentalement son élan, le coach se met à compter

raz dva tri
elle
saute
hurle
ouaaaaaaaaaaaaaaaa
AAAAAAAHHH
tout son corps arqué comme un boomerang
au bout de la spirale qui
la retient au réel
se vrille dans l'air
rebondit
ne lui appartient plus
aspiré vers le bas, recraché vers le haut,
yo-yo humain ballotté par le vent
et puis enfin, elle ouvre les bras, dessine le **V** de la vie,
ses jambes font des vagues
ses doigts écartés griffent le bleu du ciel

elle danse, elle vole, elle se balance à fleur d'eau,

elle crie
ribiata eta prikraaaasna (*les gars c'est génial*)
(et moi je pense à la fin des *Ailes du désir*...)

Au lecteur

Les textes ici rassemblés ont été écrits entre 2010 et 2022.

L'avant-propos a été publié le 28 février 2022 dans *Libération* sous le titre *J'ai mal à l'Ukraine*. Je remercie Alexandra Schwartzbrod de m'avoir donné la parole.

Confluence imaginaire est une tentative de faire confluer le Dniepr et le Rhône, l'Ukraine contemporaine et la France de mon enfance. Vlad, le personnage qui apparaît ici pour la première fois, deviendra dans *Sur la route du Danube* mon compagnon de route imaginaire.

Le dernier des Khazars est un récit qui s'inspire de la découverte, en Crimée, en 2007, d'un cimetière abandonné dont les tombes étaient gravées d'un alphabet inconnu. Ce texte s'inscrit dans le sillage de mon premier roman, *Halte à Yalta*, et annonce, par son motif central, *Les Méditerranéennes*.

Deux coupoles volantes est une nouvelle à cheval entre le village de mon enfance et la banlieue de Kiev. On y trouvera des éléments de *Sabre* et des allusions à Stendhal.

Au pays des zêtres trouve sa source dans l'appendice de Claude Lévi-Strauss à *La Pensée sauvage* et dans le film de Sergueï Paradjanov, *Les Chevaux de feu*. Une première version de cette nouvelle a paru en septembre 2019 dans le n° 13 de la revue *Long Cours*.

Tabula rasa est une transposition sentimentale du conflit qui déchire l'Ukraine depuis des années. C'est aussi un hommage au compositeur estonien Arvo Pärt dont l'œuvre m'accompagne depuis des années.

Ubu muet, comme son nom l'indique, est une petite pièce muette en hommage à Alfred Jarry dont une première version a été publiée en octobre 2011 dans le n° 7 de la revue *Ravages*. Son action se passe à la frontière ukraino-polonaise, c'est-à-dire partout.

Retour de Kiev est le journal que j'ai tenu lors de la Révolution de l'Euromaïdan, en 2014, et que j'ai publié sur mon blog. Un extrait de ce texte est paru en mars 2018 dans le volume collectif *Le Livre des places*, publié par les éditions Inculte.

Table

DU MÊME AUTEUR

Halte à Yalta
Hugo & Cie, 2010

Kaddish pour un orphelin célèbre
et un matelot inconnu
Éditions du Sonneur, 2013

La Ligne des glaces
Rivages, 2014
et « Rivages poche », n° 873

Icecolor
(peintures et dessins de Per Kirkeby)
Le Réalgar, 2014

Dans les ruines de la carte
Peinture, littérature et géographie
de l'âge classique
à l'ère du numérique
Le Vampire actif, 2015

Jérusalem terrestre
Inculte, 2015
et « Barnum », 2020

Sous les serpents du ciel
Rivages, 2017

Terminus Schengen
(photographies de l'auteur)
Le Réalgar, 2018

Le Cœur de l'Europe
La Contre-allée, 2018

Sur la route du Danube

Prix Nicolas-Bouvier,
Prix Amerigo-Vespucci,
Grand Prix Sport & Littérature,
Prix Amic de l'Académie française
Rivages, 2019
et « Rivages poche », n° 950

Sabre

Prix des Deux-Magots 2021
Prix littéraire du Pont-Royal
Stock, 2020
et Le Livre de poche, 2022

Les Méditerranéennes

Stock, 2022

Les Éditions Points s'engagent pour la protection de l'environnement et une production française responsable

Ce livre a été imprimé en France, sur un papier certifié issu de forêts gérées durablement, chez un imprimeur labellisé Imprim'Vert, marque créée en partenariat avec l'Agence de l'Eau, l'ADEME (Agence de l'Environnement et de la Maîtrise de l'Énergie) et l'UNIC (Union Nationale de l'Imprimerie et de la Communication).

La marque Imprim'Vert apporte trois garanties essentielles :

- La suppression totale de l'utilisation de produits toxiques
- La sécurisation des stockages de produits et de déchets dangereux
- La collecte et le traitement de produits dangereux

RÉALISATION : NORD COMPO À VILLENEUVE-D'ASCQ
IMPRESSION : NORMANDIE ROTO IMPRESSION S.A.S À LONRAI
DÉPÔT LÉGAL : AOÛT 2022. N° 151841 (2202170)
IMPRIMÉ EN FRANCE